SV

Ralf Rothmann
Milch und Kohle

Roman

Suhrkamp

Erste Auflage 2000
© Suhrkamp Verlag Frankfurt am Main 2000
Alle Rechte vorbehalten, insbesondere das der Übersetzung,
des öffentlichen Vortrags sowie der Übertragung
durch Rundfunk und Fernsehen, auch einzelner Teile.
Kein Teil des Werkes darf in irgendeiner Form
(durch Fotografie, Mikrofilm oder andere Verfahren)
ohne schriftliche Genehmigung des Verlages reproduziert
oder unter Verwendung elektronischer Systeme
verarbeitet, vervielfältigt oder verbreitet werden.
Satz: Hümmer GmbH, Waldbüttelbrunn
Druck: GGP Media GmbH, Pößneck
Printed in Germany
3 4 5 6 – 05 04 03 02 01 00

Seit Tausenden von Jahren
versuche ich zurückzukehren.
Doch unaufhörlich wächst wildes Gras
vor dem Tor des Tempels.

Shitaku Chôrei

Der Anzug war nicht schwarz. Nicht wirklich. Das hätte sie kaum gemocht. Anthrazit, so hieß auch eine Kohleart, die teuerste damals, und wer kann das Wort hören, ohne an die Haufen zu denken, die an manchen Nachmittagen vor den Kellerfenstern der verschneiten Siedlung lagen. Dann war die Enttäuschung groß, und man verstand plötzlich, warum man so wenig Schulaufgaben bekommen hatte. Dann gab es nur Butterbrote oder Linsensuppe, und anschließend wurden Eimer geschleppt bis in die Dunkelheit hinein. Knochenarbeit. Also ließ man sich Zeit mit dem Weg und hoffte, daß zu Hause wenigstens eine leichtere Sorte wartete, Eierkohlen oder Koks.

Um die Haufen herum lag stets feiner Staub, eine hellschwarze, leicht schimmernde Aura, in der es hier und da gestochen scharfe Aussparungen gab: Wo die Hydraulikstempel des Kipplasters oder die Stiefelspitzen des Fahrers gestanden, wo ein Schaufelstiel, eine leere Schachtel Collie oder ein paar Kronkorken gelegen hatten. Und wir schrieben unsere Namen in den Staub, wer doof ist, und wer wen liebt.

Der Anzug war billig gewesen, ebenso Hemd und Krawatte, und als ich aus dem Textilgeschäft trat, drehte ich die unbedruckten Seiten der Tüten nach außen. Immer noch blühte Flieder, überall, doch die Dolden wurden schon braun. Der Himmel war unbewölkt, und zwischen den Reflexen und Spiegelungen auf den Scheiben der Busse, die vor dem Bahnhof hielten, glaubte ich einen Lidschlag lang ihr Lächeln zu sehen, jenes breite, strahlende aus der Zeit, die sie wohl gemeint hatte, wenn sie sagte: »Wir hatten ja auch gute Jahre!«

Es war die Stationsschwester, die mir zunickte, während sie ihrem kleinen, noch etwas wackelig gehenden Sohn auf den Bürgersteig half. Sie trug lindgrüne Hosen, ein orangefarbenes Shirt und war geschminkt, und als wären inzwischen nicht Tage vergangen, als hätte sie mir erst gerade, nach einer flüchtigen Entschuldigung, das Päckchen ausgehändigt, sagte sie mit einem beiläufigen Blick auf meine Plastiktaschen: »Und grüßen Sie Ihren Bruder!«

Flieder auch in Sterkrade, auf dem riesigen, von Baggerketten zerwühlten Gelände der stillgelegten Gute-Hoffnungs-Hütte. Die Erde glänzte ölig in der Sonne, und hinter Ziegelhaufen, Sintergruben und Maschinenschrott spielten Kinder, schossen aufeinander mit bunten Pistolen, brachen zusammen und sprangen wieder auf.

Der Bestatter hatte mich angerufen, nach den Zähnen meiner Mutter gefragt. Als sie in den Dreißigern war, wurden die plötzlich grau, an manchen Stellen auch schwarz, und eines Tages roch sie ekelerregend aus dem Mund, hatte die eingefallenen Wangen und runzeligen Lippen einer alten Frau und aß eine Woche lang nur Brei. Und da sie nicht aufhörte mit dem Rauchen und wie immer unzählige Tassen Kaffee trank, wollten sich die Wunden nicht schließen, spuckte sie dauernd Blut. Doch dann war die Prothese fertig, saß auch gut und schmerzte kaum, und nur in der ersten Zeit, beim Gähnen oder Lachen, verrutschte sie jäh. Und ich, erschrokken, stellte mir jemanden anderes vor im Innern meiner Mutter, eine Fremde hinter ihrem Gesicht.

»Waren denn Goldzähne eingearbeitet?« fragte der Bestatter. »Das macht man ja oft, wegen der Optik. Also, ich würde mir natürlich nie erlauben, auch nur anzudeuten...«

»Ja«, sagte die Krankenschwester, einen Stapel Wäsche im Arm. »Ich weiß nicht, wie das passieren konnte. Der Nachtdienst ist total überfordert. Drei Stationen. Wir haben die Zähne hier.« Und sie öffnete den Schrank.

»Sie können alles mit mir machen«, hatte meine Mutter zu Beginn der Krankheit gesagt. »Die können mich von Pontius nach Pilatus karren, mich auf den Kopf stellen und zigmal anstechen am Tag, das halte ich schon aus. Mit Gott geht alles. Aber wenn sie mir die Zähne rausnehmen, vorm Röntgen, vor der Bestrahlung, das mag ich nicht ... Dann fühle ich mich hilflos wie ein Kind. Dann bin ich lieber tot.«

Man hatte die Prothese in ein Stück hellbraunen Zellstoff gewickelt und ein Pflaster darumgeklebt, und ich steckte sie in die Tasche meines Wettermantels.

»Und der Ehering?« fragte ich. »Hat sich der inzwischen wiedergefunden?«

»Nicht bei mir«, sagte die Schwester, schon im Davongehen. »Aber ich hatte auch keinen Dienst.«

Mit dem Taxi fuhr ich zum Geschäft des Bestatters in

der Beethovenstraße. Die Tür stand offen, im Büro kein Mensch, und auf mein Klopfen und Rufen reagierte niemand, auch nicht die Katze, die in einem der Regale schlief. Ich kraulte ihr den Nacken und legte das Päckchen auf den Schreibtisch, neben einen Quittungsblock; doch in der Sonne wurde der Zellstoff plötzlich durchscheinend, und ich schob es in den Schatten.

Simon!
Ich habe die Mutti geschlagen, mehr Mals, auch ins Gesicht. Ich weis nicht, wie es passieren konnnte. Sie ist weggelaufen, und ich hab sie die ganze Nacht überall gesucht kann sie aber nicht finden. Sie will uns nun allein lassen, aber ich muß doch Arbeiten! Paß auf deinen Bruder auf und geht nicht zur Schule, wenn sie heute Früh noch nicht zurück ist.
Papa

Ich fand die Zeilen unter der Matratze, als ich das Ehebett abzog. Sie waren auf die Rückseite eines Kalenderblatts geschrieben, ein Blumenmotiv. Es steckte zusammen mit ärztlichen Bescheinigungen und einem Stilett in einer Klarsichthülle, DIN A4. Maschinenschriftlich bestätigte der Hausarzt meiner Mutter zwei Rippen- und Oberschenkelprellungen und eine Hautabschürfung über dem Jochbein. Den Datumsangaben zufolge lag das über fünfundzwanzig Jahre zurück. Ich setzte mich auf den Bettrand, wog die Waffe mit dem schönen Perlmuttgriff in der Hand, drückte auf den Entsicherungsknopf. Die herausfedernde Klinge war nicht spitz, die Schneide jedoch scharf wie gerade erst geschliffen. Mit dem Daumennagel kratzte ich etwas Schmutz oder geronnenes Öl von der Gravur. *Stainless. Italy.*

Sonst fand ich nichts. Die Schuhe und Kleider meines Vaters hatte sie gleich nach seinem Tod dem Roten Kreuz gegeben, seine Papiere, das Lehrbuch für den Bergbau, die Unterlagen und Zeugnisse der Landwirtschaftsschule und den Märklin-Katalog, verbrannt. Die Ordnung in den großen Schleiflackschränken, die Akkuratesse, mit der alles gefaltet, gestapelt oder aufgereiht war – ich verstand wieder gut, warum ich schon mal die Socken in den Brotkorb stopfte. Ich öffnete alle Türen, nahm Kleider, Kostüme und Mäntel heraus und warf sie auf das Ehebett. Dann ging ich von Fach zu Fach, langte tief mit dem Arm hinein und schob, was darin war, Pullover, Blusen, Frotteetücher, in große blaue Plastiksäcke. Die runden Stücke Lavendelseife, die dabei zu Boden fielen, kickte ich aus dem Raum. Unterwäsche und Büstenhalter, seit jeher in der Frisierkommode, rührte ich nicht an. Ich zog die Schubladen heraus und kippte den Inhalt in den Sack, in dem sich schon ein angebrochenes Glas Pulverkaffee und mehrere Rätselhefte befanden. Ich warf noch eine Flasche Tosca, ein Töpfchen Nachtcreme und eine alte Haarbürste hinein und band den Sack mit Klebstreifen zu. Nirgendwo eine persönliche Zeile, weder von ihr noch von meinem Vater, nicht einen Brief oder eine Karte ihrer Söhne hatte sie aufbewahrt, lediglich zwei Fotos aus unserer Kindheit standen neben der Nachttischlampe, und meine fünf oder sechs Bücher lagen zusammen mit zehn Jahre alten Telefonbüchern im Besenschrank. Mein letztes, »Das Studium der Stille«, das ich ihr, da ich in Amerika war, von meinem Verlag hatte schicken lassen, war noch in der Plastikfolie eingeschweißt. Nur ein bibliophiler Sonderdruck, »Assisi«, stand im Regalfach über dem Sofa, zwischen Zinngeschirr und goldglänzenden Buchclub-Ausgaben: Ganghofer, Simmel, Vicki Baum.

Ich legte mich auf das Bett und starrte die Lampe mit den rosa Fransen an. Kühl war es hier, ausgekühlt; im Schlafzimmer wurde nie geheizt, seit vierzig Jahren nicht, es gab gar keinen Ofen. Ich deckte mich mit den Kostümen und Mänteln zu, wollte eine Viertelstunde ausruhen und starrte stumpfsinnig auf die »Galoppierenden Wildpferde« an der Wand; der »Röhrende Hirsch«, den ich früher oft abgezeichnet hatte, war mit den alten Möbeln auf dem Müll gelandet.

Und wenn alles ganz anders gewesen wäre? Wenn die Eltern sich dem Anschein zum Trotz doch geliebt hätten – mit einer Kraft und einer leidenschaftlichen Ausschließlichkeit, die Kinder, auch erwachsene, nie verstehen können?

Im Japanischen, fiel mir ein, heißt sterben: In die Stille gehen.

Das Telefon klingelte, ein gedämpfter Ton unter der Brokathülle, und ich lief ins Wohnzimmer. Doch als ich abhob, war schon niemand mehr in der Leitung. Der

Trockenständer hinter dem Haus, eine baumartige Konstruktion, drehte sich im Wind, ein paar Strumpfhosen, die tropfnaß zwischen Geschirrtüchern hingen, glitzerten in der Sonne. Irgendwo krächzten Raben.

Wieder im Schlafraum, bemerkte ich einen Zipfel heller Spitze in einem der oberen Schrankfächer. Dort war sonst die Bettwäsche gestapelt, hart gemangelte Laken, hinter denen mein Vater oft seine Sexhefte versteckt hatte, und ich stellte mich auf die Zehen, langte hoch und zog ein Säckchen aus leicht vergilbtem Schleierstoff hervor. Es war mit einem rosa Band verschlossen und enthielt drei weiß kandierte Mandeln. Zuckermandeln.

»Wir hatten ja auch gute Jahre.«

Mein Vater brachte ihn mit: Gino Perfetto. Ein Arbeitskollege, ein Kumpel. Er kam aus Neapel, war seit ein paar Wochen in Deutschland und wohnte im Ledigenheim, Harkortstraße, einem dreistöckigen Klinkerbau mit Flachdach. Man lebte dort in Sechser-Zimmern, ohne Kühlschrank, und fast das ganze Jahr über lagen Lebensmittel, in Tücher oder Zeitungen gewickelt, außen auf den Fensterbänken. »Polackenwirtschaft«, sagte meine Mutter oft.

Gino war genau zehn Jahre älter als ich, fünfundzwanzig, und nur wenig größer. Ähnlich wie mein Vater hatte er das Haar glatt zurückgekämmt, doch im Nakken war es leicht gelockt, und seine Rasiercreme roch gut, jedenfalls nicht nach Sir oder Tabac. Obwohl es mitten in der Woche war, trug er einen Anzug, ein weißes Nylonhemd und spitze schwarze Schuhe mit einem Wildledersteg obenauf. Als wir uns die Hand gaben, zwinkerte er mir zu.

»Er hat ein Rennrad«, sagte mein Vater.

Die Möbel im Wohnzimmer standen so, daß man nur wenige Schritte machen konnte, und Gino blickte sich um, ging vor dem Aquarium in die Hocke. »Madonna! Scheene Fisch, eh? A colori.« Seine Verlegenheit gefiel mir, war mir aber auch peinlich, das folgende Schweigen machte den Raum noch enger. Und als mein Vater auf das Sofa zeigte und fragte: »Du wollen Bier?« klappte ich die Bravo zu und ging in die Küche.

Meine Mutter putzte die Spüle und blies sich eine Haarsträhne aus der Stirn. Im Aschenbecher qualmte eine Zigarette.

»Möchte mal wissen, was *das* wieder soll!« zischte sie. »Schleppt hier die halbe Zeche an. Als hätte ich nicht Arbeit genug.« Ihre hohen, keilförmigen Sohlen knarrten bei jedem Schritt, und mit einer Kopfbewegung wies sie auf eine Schachtel Mon Cherie. »Mein Mann verehrt mir Pralinen, hast du das schon mal erlebt? Und als ich ihn frage, wie er dazu kommt, sagt er doch glatt, die waren bei Klooß im Angebot.« Sie preßte den Schwamm, bis er ganz verschwunden war in ihrer Faust. »Und warum stehst *du* hier im Weg? Nichts zu tun?«

Ich fingerte eine Juno aus ihrer Schachtel, steckte sie in

meine Hemdtasche, nahm mir Zündhölzer aus dem
Schrank und sagte: »Du bringen Bier!«
Sie fuhr herum, drohte mit der flachen Hand. »Sieh zu,
daß du Land gewinnst, ja. Wo ist dein Bruder!« – Ich
zuckte mit den Achseln, schob mir eine Praline in den
Mund und ging in den Keller.
In dem langen dunklen Gang übte ich meinen Marabu-
Walk. Ich zog die Schultern hoch, ließ die Hände vor der
Brust baumeln und bewegte mich mit herausgestreck-
tem Hintern und einwärts gekehrten Fußspitzen vor-
wärts. Dabei mußte man das Gesicht verziehen, als
hätte man etwas Faules gerochen. Die Vögel verstummten, als ich die Tür aufstieß, beäugten mich durch das
Drahtgeflecht der Voliere. Ich nickte ihnen zu, gravitätisch, zog den einbeinigen Schemel meines Vaters aus
dem Regal und setzte mich in die Sonne, den trapezför-
migen Flecken, der durch das Fenster fiel. Die Streich-
holzflamme war fast unsichtbar, und als ich den Rauch
zwischen die Nester und Zweige blies, rührten sich die
Tiere nicht.
Erst nach einem Händeklatschen, es hallte in dem kahlen
Keller, schwirrten sie aufgeregt herum: Gelbe, schwarz-
gelbe und orangefarbene Kanarienvögel, mehrere Dutzend, meistens Hähne. Die sangen aus voller Kehle,
waren robust und brachten Geld. Die wenigen weißen
dagegen hielten nichts aus, die starben im Winter, und
den Schnabel kriegten sie auch nicht auf. Doch dafür
waren sie schön, fast beleidigend weiß.
Das Klappern leerer Kohlenschütten auf der Treppe,
das Geräusch von Schlappen auf dem Gang, eine plat-

zende Kaugummiblase: Ruth. Sie öffnete den Nachbarkeller.

»He!« sagte sie durch die Lattenwand hindurch. »Du bist noch keine sechzehn, oder? Laß mal ziehen.«

Ich schüttelte kurz den Kopf, betrachtete die Vögel.

»Aufgeblasener Affe. Du kannst doch gar nicht richtig rauchen. Möchte mal wissen, weshalb die Ellen *dich* nett findet.«

»Ellen? Wer ist das?«

»Na, meine Freundin. Die mit den Locken.«

»Die schon einen Büstenhalter trägt?«

»Wieso. Tu ich doch auch.«

»Aber bei dir ist Watte drin.«

»Gar nicht! Blödmann. Außerdem ist sie fast ein Jahr älter als ich, dreizehn. Kleben geblieben. Ich hab ihr erzählt, daß du zaubern kannst. Wollte sie nicht glauben. Zeig ihr doch mal den Trick mit den Silberlöffeln, dann hättest du echt Schnitte … He, ich rede mit dir! Wir üben immer Küssen. Zungenschlag.«

Sie hatte Kohlenstaub an der Nasenspitze und drückte das Gesicht gegen die Lattenwand. Dann blies sie eine rosa Blase durch den Zwischenraum und zog sie wieder ein. »Dein Freund ist ganz schön versaut, oder?«

Ich antwortete nicht, und sie füllte die Schütten mit Koks. »Ich meine den Paffer, oder wie er heißt. Den mit der Lee. Der kriegt jede rum, sagt die Ellen. Bis er mal eine dick gemacht hat. Mich würd er nicht rumkriegen, da könnte er noch so toll aussehen.«

Sie steckte die Hand bis zum Gelenk zu mir herüber, bewegte die schmutzigen Finger. Ich schob ihr die

Kippe dazwischen. »Danke«, sagte sie. »Ich *hab* vielleicht Schmacht.«

Mit dem Rauch bildete sie eine neue Kaugummiblase, bis die zerplatzte, leckte sich die Fetzen von den Lippen und lächelte. Und plötzlich war etwas Fremdes in ihrer Stimme, ein heller Raum voller junger Sonnen. »Soll ich dir was zeigen?«

Schon vor der Wohnungstür hörte ich das laute, fast krähende Lachen meiner Mutter. Auf dem Schränkchen der Flurgarderobe lagen ein Paar Gummihandschuhe, umgestülpt, an den Fingern die Abdrücke ihrer Ringe. Ein Schnapspinnchen in der einen, zwei Fotos in der anderen Hand, saß sie auf der Armlehne des Sofas und blickte meinem Vater über die Schulter. Der hielt Gino das Album hin.

»Hier«, sagte er. »Das ist es. Gut Fahrenstedt. Ich arbeiten da. Rabotti. Du verstehen?«

Gino, in dem tiefen Sessel, nickte. »Lavoro, si.« Er zeigte auf meine Mutter. »Con la moglie?«

»Nicht Moni«, sagte mein Vater. »Liesel! Sie und ich: fünfunddreißig Kühe. Jeden Morgen um vier Uhr raus. Samstag, Sonntag, Weihnachten, immer. Und Jungvieh. Und zwei Bullen. Da…«

Er schob den Ausschnitt der Kieler Nachrichten aus dem Jahr 53 über den Tisch. Der preisgekrönte Zuchtstier Mozart. Daneben, in Gummistiefeln und einem gestreiften Arbeitskittel, mein Vater. Er hatte den kleinen Finger in den Nasenring des Bullen gesteckt und lächelte verlegen. Der Name war falsch geschrieben, Weiss statt Wess.

Gino bewegte die Lippen, als er die Unterschrift las. Dann machte er große Augen. »Mozarte? Mùsica? Circo da Kiel?«

»Nein, nein!« Mein Vater trank den Schnaps. »Von wegen Zirkus. Harte Arbeit! Herrgott, wie sag ich das…« Er drehte sich nach mir um. »Was heißt denn Milch auf Englisch?«

Meine Mutter prostete Gino zu, trank selbst aber nichts.

»Ich denke, er ist Italiener«, sagte ich.

»Milk?« fragte er. »Latte?«

»Ja, bravo! Und Käse, Sahne, Butter. Jeden Tag in die Meierei. Den Max angeschirrt, den Jungen auf den Kutschbock, und los. Da, zwischen den Bäumen, das war unser Haus. Mietfrei. Hier mein Garten, Bohnen, riesige Kürbisse, Blumenkohl wie Schnee. Und jedes Jahr kriegten wir Deputat, drei Gänse und ein halbes Schwein.« Er zeigte Gino den Gesellenbrief. »Melker. Mit Auszeichnung. Du verstehen?«

Gino nickte, doch es sah höflich aus. Er roch an dem Korn, trank einen winzigen Schluck, stellte das Glas auf den Tisch, den kleinen Wasserring zurück, und meine Mutter sagte: »Mensch, erklär ihm das doch mal *richtig*! Woher soll er denn wissen, was ein Melker ist? Herr Perfetto? Haben Sie Kühe in Napoli?«

Gino zog die Schultern hoch. »Kiehe? Che cosa è?«

»Milchvieh«, sagte mein Vater. »Muh, muh! Capito?« Er streckte beide Arme aus und ballte mehrmals rasch die Fäuste. »Stripp, strapp, stroll, ist die Dicke heute toll? Stripp, strapp, stroll, ist der Eimer noch nicht voll?«

Meine Mutter, schmunzelnd, gab ihm einen Klaps auf den Hinterkopf. Gino hatte einen Schluck Bier aus dem alten Senfglas mit Henkel getrunken und wischte sich den Schaum von der Oberlippe. Danach war ein breites Lächeln in seinem Gesicht, so weiß wie der Schaum. Er gluckste vergnügt, streckte die Arme vor, machte dieselbe Melkbewegung über dem Wohnzimmertisch und wiederholte fast singend: »S-trippe, s-trappe, s-trulle? S-trippe, s-trappe, s-trulle! Signora?«

Und meine Mutter warf den Kopf in den Nacken und lachte ihr lautes krähendes Lachen, das die meisten Menschen so erstaunlich fanden wie die großen Hände der zierlichen Frau.

»Ach du Scheiße«, sagte sie. »*Signora*. Das hat gerade noch gefehlt...« Und kippte ihren Schnaps.

Christiane Schneehuhn hatte mir ausrichten lassen, daß sie mich liebt. Ihre Freundin, die pickelige Barbara Quasny, brachte mir die Nachricht über den Schulhof.

»Schön«, sagte ich.

»Und?« fragte sie.

»Was, und?«

»Was soll ich ihr bestellen?«

»Nichts«, sagte ich, denn mir fiel nichts ein.

»Stark«, murmelte sie und ging wieder hinüber, zu den Mädchen.

Während der Wochenendfahrt in die Eifel setzte sich Christiane neben mich und griff nach meiner Hand. Ich entzog sie ihr, weil ich schwitzte. Es war die erste Reise meines Lebens, und mir wurde übel in dem Bus, ich schluckte und schluckte. Doch genierte ich mich, nach einer Tüte zu fragen, starrte immer auf einen Punkt, auf den Hinterkopf des Fahrers oder den Feuerlöscher neben der Tür, und sprach kein einziges Wort.

Noch am selben Nachmittag kam die blonde Anuschka von Prinze in den Tischtennisraum und richtete mir aus, daß Christiane Schneehuhn mich nicht mehr liebt. Ich trocknete mir das Gesicht ab und sagte: »Gut.« Mehr fiel mir auch jetzt nicht ein. Dann öffnete ich ein neues Päckchen Schildkröt-Bälle.

Manchmal ging ich nach dem Unterricht in den Hauptbahnhof. Meine Mutter, die dort aushilfsweise als Buffetkraft arbeitete, schob mir dann ihren Personalbon und ein oder zwei Zigaretten über den Tresen. Ich setzte mich in die sogenannte Winzerstube, einer Nische neben den Spielautomaten, und langte unter das Tuch, das auf dem Korb lag, brach mir ein Stück von den Salzbrezeln ab. Der dicke Kellner in der weißen Jacke nickte mir zu, und ich bestellte ein Krefelder und das Tagesgericht. Bier war mir zu bitter. Krefelder war süß und trotzdem Bier. Die eine Mark, die meine Mutter mir als Trinkgeld für ihn gegeben hatte, legte ich schon vor dem Essen neben den Aschenbecher.

Durch das Weinlaub aus Papier glühten die Lichter der Automaten, und ich betrachtete die Menschen in dem großen, dunkel getäfelten Saal, Reisende, Wartende, die Hände verschränkt auf den fleckigen Tischen. Manchen, besonders den einzeln dasitzenden, glaubte ich die Entfernung anzusehen, die vor ihnen lag. Je größer die war, desto friedlicher die Gesichter.

»Jedem seine eigene Durststrecke«, sagte der Kellner. »Was lernst du in der Handelsschule?« Er steckte die Mark in die Jackentasche, nahm das von mir zusammengestellte Geschirr vom Tisch und betastete das Tuch über dem Brezelkorb.

»Englisch«, sagte ich, und er nickte, als hätte er sich so einen Quatsch schon gedacht. Und murmelte im Davongehen: »I break together.«

Zu Hause roch es verbrannt. Der Kohlenkasten war leer, die Ofenklappe stand offen, der Schürhaken steckte in der Glut. Auf dem Teppich meine alte Schultasche aus Leder, die Bücher, Stifte, Lineale ausgeschüttet unterm Tisch. Zwischen den beiden Messingschnallen glänzte ein frisch eingebranntes T.
Mit einem Handtuch umfaßte ich den Griff und brachte das Schüreisen in die Küche. Winzige Funken sprangen von dem weißglühenden Haken ab, und als ich ihn unter den Strahl hielt, krachte das Wasser. Durch den Rauch hindurch sah ich meinen Bruder auf dem Ehebett sitzen, auf der Seite meines Vaters. Alle Schranktüren und Schubladen standen offen, und er hatte Pullover- und Wäschestapel aus den Fächern genommen und sich angesehen, was dahinter versteckt war: Ein Postsparbuch, auf den Namen meiner Mutter ausgestellt,

Guthaben sechsundzwanzig Mark. Ein Karton mit Weihnachtskugeln und eine silberne Baumspitze mit Lamettaschweif. Drei Pariser. Ein schmales, grün eingewickeltes Paket mit roter Schleife.

Er blätterte irgendwelche Papiere durch und beachtete mich nicht. Oder doch nur, indem er sein Bonbon auf die Art lutschte, die mir so widerlich war. Er wartete, bis sich eine Menge süßen Speichels angesammelt hatte, und sog ihn dann laut schlürfend ein.

»Das glaubst du nicht. Das ist nicht wahr. Guck dir das an!«

»Du spinnst wohl!« rief ich. »Was soll das hier werden? Willst du die Wohnung abfackeln?«

»Komm schon!« beharrte er. »Da fallen dir die Augen raus.«

Das tiefschwarz glänzende Haar war zerzaust. Er hatte Tinte an den Fingern und Lakritzränder in den Mundwinkeln, und sein Gesicht, dessen dunkler Teint ihm den Spitznamen Itacker eingebracht hatte, war fahl jetzt, gelblich fast. »Sünde«, murmelte er und meinte es offenbar ernst. »Voll Sünde, guck mal!«

Er hielt einen dicken Stapel Schwarzweißfotos in der Hand, Privataufnahmen anläßlich einer Karnevalsfeier. Luftschlangen an Deckenlampe und Kuckucksuhr, Unmengen von Gläsern auf dem Couchtisch, Steinhäger, Zinn 40. Zwei Kinderteddys zwischen den Kissen. Der Blumenhocker in der Ecke war dasselbe Modell, das wir in den letzten Werkstunden der Volksschule zusammenleimen mußten, und wo die Posierenden, manchmal ein halbes Dutzend, manchmal mehr, keine Masken trugen, hatte man ihre Gesichter, die Augenpartien, mit Nagellacktupfern unkenntlich gemacht. Traska blätterte mir ein Bild nach dem anderen vor und wies mich auf verschiedene Details hin, wobei sein schmutziger Finger zitterte. »Die ficken! Die ficken tatsächlich!« Und er sog den Bonbonspeichel ein.

»Hör auf zu schlürfen! So ist das nun mal. Oder glaubst du, uns haben die Störche gebracht?«

»Aber das hier ist doch Sünde. Guck mal, wo die ihre Zunge hat!«

Die Frau war mir schon auf anderen Fotos wegen ihrer viel zu weiten, verdreht sitzenden Strümpfe aufgefallen. – »Tu nicht so scheinheilig. Mopeds klauen, Automaten knacken und Baubuden aufbrechen ist auch Sünde.«

»Was? Wie kommst'n darauf?«

»Falscher Fuffziger. Weiß doch die halbe Siedlung, daß du mit den Fekete-Brüdern rumziehst. Laß dich nicht vom Alten erwischen.«

»Ach ja? Und du paß auf. Ein Wort von mir, und die Jungs polieren dir die Eier.«

»Nur zu«, sagte ich und zog die Tagesdecke straff.

»Rotzlöffel. Jetzt wird hier aufgeräumt, und du machst deine Schularbeiten. Wo lagen die Bilder?«

»Gib her.« Er nahm sie mir aus der Hand und starrte noch einmal das oberste an. Ich mochte sein Profil, die irgendwie verschlafene Schönheit darin. »Mama mia. Ich glaub, ich krieg 'n Steifen.«

Und plötzlich sprang er auf und lief über das Bett ins Wohnzimmer, zum Ofen. Er grinste mich an und warf erst ein Foto, dann ein zweites und schließlich, bevor ich ihn beim Kragen hatte, den ganzen Stapel ins Feuer, das aus dem Loch loderte und unsere Schatten über die Decke flackern ließ. Momentlang schienen mehr Leute im Raum zu sein.

»Sünde!« rief er, während sich die Bilder, die blassen Nackten, krümmten in der Glut, schwarz wurden und in einer blauen Flamme zu Asche verbrannten. »Sünde, Sünde!« Dabei hüpfte er zwischen den Möbeln herum, schnitt Fratzen und lachte künstlich schrill. Nur mit Mühe schlug ich ihn nicht.

»Was machst du!« murmelte ich und starrte in die Flammen. Hier und da noch ein Papierrest, knisternd verbrannte die Lasur, grauweiße Flöckchen flogen hoch, in den Kamin, und dann war es still im Zimmer, und mein Bruder beäugte mich eine Weile aus der Ecke, in der ein großer Gummibaum stand. Doch da ich nicht auf ihn losging, entspannte er sich wieder und zerbiß sein Bonbon, daß es krachte.

»Na und?« Er raffte die Bücher zusammen, meinen alten Zirkelkasten, die Stifte, steckte sie in die Schultasche und fuhr mit der Hand über das neue Brandzeichen. »Paß doch auf mich auf...«

Niemand auf dem Spielplatz oder vor der Pommesbude, und auch in der alten Ziegelei kein Mensch, der eine Zigarette gehabt hätte. Ein paar Kinder bauten sich Indianerzelte aus Dachpappe und rostigen Stangen, und ich ging die Dorstener Straße hoch, an der

Gaststätte Maus vorbei, Richtung Zeche Haniel. Das
Rad im Förderturm drehte sich langsam, die Kühltürme qualmten, und ich bog von der Straße ab und ging
durch die Ginsterheide auf den Wald zu, der hinter
den Kohlehalden begann. Dort, zwischen alten Buchen,
hatte ich vor einigen Jahren etwas Geld versteckt und
hoffte manchmal immer noch, es wiederzufinden.
Ich war ungefähr in Traskas Alter gewesen, als mein
Vater mir die zehn Mark geschenkt hatte, ein Ver-
mögen. Ich mußte ihm versprechen, es zu sparen, dann
würde er mir nach und nach mehr dazugeben. Doch
meine Mutter, die ohne sein Wissen bei allen möglichen
Kleinkrämern und Sofahändlern verschuldet war, hätte
es mir weggenommen, um sich Zigaretten, Kaffee oder
Nylonstrümpfe zu kaufen, das war schon öfter vorge-
kommen. Sogar kleinste Beträge nahm sie mir ohne zu
fragen aus dem Schreibtischfach. »Kriegst du wieder.
Ich rackere mich schließlich genug für euch ab!«
Doch sie hatte mir nie etwas zurückgegeben, und ich
beschloß, das Geld vor ihr zu verstecken. Ich lief in den
Wald, suchte mir eine Buche aus, merkte mir anhand
eines Papierkorbs und eines Wegweisers für Spazier-
gänger, wie ich sie wiederfinden konnte, und vergrub
das Geld, zwei fast neue, in Brotpapier gewickelte Fünf-
markstücke, unterm Moos zwischen den Wurzeln.
Als mein Vater mich Wochen später danach fragte,
nickte ich. Doch er wollte das Geld sehen, und da ich es
ihm nicht gleich zeigen konnte, lächelte er. Es war ein
trauriges Lächeln, ein feiner Schnitt ins Herz, und ich
ließ meine Schulaufgaben liegen und rannte mit einem

Löffel in der Tasche in den Wald, lockerte das Moos zwischen den Wurzeln der Buche und grub nach dem Geld.

Vergeblich.

Ich grub tiefer. Das Loch war leer. Doch ich stand ja vor dem falschen Baum; lauter Initialen, Herzen, Jahreszahlen in der Rinde. Der Geldbaum aber war glatt gewesen, gerade und silbergrau, und ich zählte die Schritte bis zum Wegweiser, suchte nach dem Papierkorb, der in einem Wassergraben lag, schätzte seinen ehemaligen Standpunkt ab. Der Baum, der am Schnittpunkt der Luftlinien stand, war eine Buche – aber die einzige krumme, welke, vom Blitz gespaltene weit und breit, und ich heulte vor Wut und kratzte über eine Stunde lang das Moos zwischen den Wurzeln aller umstehenden Bäume auf. Ein langer Regenwurm, den ich ohne Absicht zerschnitten hatte mit dem Löffel, kroch in verschiedenen Richtungen davon, und ich konnte die zehn Mark nicht finden.

»Entschuldige«, sagte ich am Abend zu meinem Vater. Das ungewohnte Wort schien hinter den Zähnen zu kleben. »Ich habe das Geld nicht verplempert. Habs verloren. Ehrenwort.« – Er sah mich schweigend an, müde auch. Entzündet die Lidränder, festgewachsen dort der Kohlenstaub; er hatte immer Augen wie geschminkt. Und um seinen Mund herum war wohl so etwas wie Schmerz darüber, daß ich ihn auch noch belog.

Zwischen den Ginsterbüschen unzählige Trampelpfade, die zu den Siedlungen hinter den Halden führ-

ten. Eine Sirene heulte, und aus einem Seitentor des Zechengeländes kamen die Bergleute der Frühschicht. Es hatte sogar in der Zeitung gestanden: Die alte Kaue wurde ausgebaut, die Kumpel mußten sich eine Woche lang zu Hause umziehen und waschen, und nun kamen hunderte von Männern in grauen oder schwarzen Monturen durch den brusthohen Ginster, wortlos, rauchend, ohne Eile. Zweige knackten unter den Nagelschuhen, Lederschurze flappten gegen die Schenkel, Koppelschlösser und Blechflaschen klapperten, und so sehr ich mich auch anstrengte, ich konnte kein Gesicht erkennen. Dabei mußten das alles Nachbarn sein.
Sogar in den Ohrmuscheln Ruß, und ich stand im Weg, trat zur Seite, einem anderen vor die Füße, entschuldigte mich, jemand lachte. Immer mehr Arbeiter strömten aus dem Tor, ich wußte nicht mehr wohin, stolperte über Wurzeln, wurde von einem Vorübergehenden gestützt und ging schließlich, obwohl das nicht meine Richtung war, mit allen mit. Da legte mir jemand eine Hand auf die Schulter. Der Plastikhelm hing an seinem Gürtel, eine Lampe vor der Brust, und Schweiß glänzte noch auf seiner Stirn, die bis zur Hälfte, bis dahin, wo der Helm gesessen hatte, schwarz war, kohlschwarz wie das ganze Gesicht. Nur die Augen, die Skleren, leuchteten so weiß – es sah wie das reine Entsetzen aus.
»Warum holst du mich ab? Ist was passiert?«

Meine Mutter nähte sich fast jeden Samstag ein neues Kleid. Das ging schnell. Wenn das Geschirr abgewaschen und der Braten für den Sonntag in die Röhre geschoben war, setzte sie sich an ihre Singer mit dem gußeisernen Pedal und nähte die Teile zusammen, die sie in der Woche vorbereitet hatte. Sie kaufte sich jeden Monat ein Burda-Heft mit Schnittmusterbeilage und perforierte die Linien auf den Papierbögen mit einem winzigen Zahnrad aus Silber.

»Wie ist das, Simon? Sitzt es gut?«

Ein ärmelloses Kleid aus braunem Stoff, zu dem sie eine Perlenkette trug.

»Ja«, sagte ich. Es war über dem Busen etwas zu weit, aber das mochte ich nicht ansprechen. Sie hätte alles wieder auftrennen müssen.

»Ist es nicht zu kurz?«

»Nein, schon okay. Gehst du heute tanzen?«

Sie wies mit einer Kopfbewegung zum Wohnzimmer.

»Wenn er mich läßt.«

Dann drehte sie sich vor dem Spiegel, der golden war in der Abendsonne, strich den Stoff über den Hüften glatt. Ich mochte sie lieber in solchen Kleidern als in den engen Kostümröcken, die sie gewöhnlich trug und die ihren kleinen kugeligen Bauch betonten. Sie setzte sich an die Frisierkommode und tränkte einen Wattebausch mit Nagellackentferner. Der Geruch nahm mir den Atem.

»Wieso mußt du dir eigentlich immer die Nägel anstreichen? Das Zeug stinkt widerlich!«

»Tja, wieso eigentlich...« Rasch wischte sie die alte

Farbe ab und warf die rötlichen Watteflocken auf den Boden. Ihre Hand sah irgendwie nackt aus jetzt. »Vermutlich, weil es den Kerlen gefällt.«

»Bist du nicht verheiratet?«

»Das verstehst du nicht. Auch eine Ehefrau lebt von den Blicken anderer Männer.«

»Aber du hast überhaupt keine schönen Hände!«

Verdutzt betrachtete sie ihre Linke. »Findest du?«

»Ja. Das sind Krallen.«

»Hm. Vielleicht hast du recht. Die können zupacken. Früher, beim Melken, war ich mit meinen Viechern oft schneller fertig als dein Vater. Dann lief er rum, zog an den Zitzen und knurrte: Du hast sie nicht richtig ausgemolken! Hatte ich aber doch ... Hol uns mal 'ne Zigarette, ja?«

»Wieso sind wir eigentlich nicht auf dem Land geblieben damals. Ich meine, da hatten wir doch alles. Es ging uns gut.«

»Ja, *alles*«, sagte sie spöttisch. »Inklusive Kuhmist, Schlamm und Schweinegülle, eine große Grube gleich hinterm Haus.«

»Und hier, im Ruhrpott? Hier hast du Schulden, rußige Wäsche und Staublunge, oder was?«

»Hier ist Stadt: Asphaltierte Straßen, nette Nachbarn, ein Fernseher und jeden Samstag Tanz bei Maus.«

»Wenn er dich läßt«, sagte ich.

Es klingelte, und sie erschrak, kehrte die Watteflocken mit der Fußspitze zusammen. »Geh, mach mal auf. Das wird die Friede sein.« Zigarette im Mundwinkel, schüttelte sie das Fläschchen, zog den Pinsel heraus und bestrich die hohen Wölbungen der spitzen Nägel. Der frische Lack, sein Funkeln in der späten Sonne – momentlang kam es mir vor, als würde sie das Jubilieren der Kanarienvögel aus dem Keller unterstreichen.

Nachdem mein Vater die gefüttert und den Sand in der Voliere ausgewechselt hatte, versorgte er die Fische und reinigte die Sauerstoffpumpe. Dann legte er sich aufs Sofa und sah fern. Meine Mutter und ihre Freundin setzten sich in die Küche, tranken Kaffee und besprachen den neuesten Siedlungsklatsch. Dabei flüsterten sie oft, und Tante Friede – wir nannten viele Nachbarn und Freunde unserer Eltern Tante oder Onkel – kicherte hinter vorgehaltener Hand. Ich verfolgte das mit halbem Ohr und kramte schließlich meine Schulhefte aus dem Schrank, die Buchführung, die mir mysteriöser vorkam als die Heimlichtuerei der Frauen.

»Wer flüstert, lügt«, sagte mein Vater. »Ich höre alles.«

»Kannst du ruhig«, rief meine Mutter. »Wir haben nichts zu verbergen.«

Dann warf sie einen Kronkorken in mein Zimmer. »Los, bring deinem Vater mal ein Bier.«

Die Hände im Nacken verschränkt, schien er zu schlafen. Der Fernseher lief ohne Ton. Ich stellte die Flasche auf die Blumenbank.

»Will ich nicht«, murmelte er, ohne die Augen zu öffnen.

»Mußt du aber«, sagte ich, und nach einer Weile setzte sich auch Tante Friede ins Wohnzimmer. Sie war ein bißchen verquollen, hatte jede Menge Sommersprossen und kupferbraun gefärbte Haare. Anita, ihre einzige Tochter, wurde von den Großeltern aufgezogen, und wann immer man sie nach dem Vater fragte, schüttelte sie verlegen den Kopf und sagte: »Anita ist ein Einzelkind.« Ihre Bezeichnung für unehelich. Tante Friede war die beste Freundin meiner Mutter und arbeitete als Putzfrau bei Hoesch.

»Wer spielt denn heute, Waller?«

Mein Vater runzelte die Brauen. »Wie, wer spielt denn? Das ist ein Western!«

»Ja, aber später. Spielt da keiner?«

Schulterzucken. Er mochte Tante Friede nicht besonders; für ihn war sie eine Quasselstrippe.

»Ich geh übrigens gleich zu Maus. Kommt ihr mit?«

Er schüttelte kurz den Kopf, trank einen Schluck, antwortete nichts. Kaum etwas konnte mehr einschüchtern als sein Schweigen, und behutsam, nur mit den Fingerspitzen, betastete Tante Friede ihre Dauerwelle, zog die Armbanduhr auf, zupfte an den Strümpfen. Eine winzige Laufmasche an der Ferse war mit einem Tropfen Nagellack gestoppt.

»Kann denn die Liesel mit? Ein Stündchen? Ich paß auch auf sie auf.«

Er ließ eine Art Grunzen hören. Ich ging aus dem Zimmer. Meine Mutter, die lauschend im Flur stand, hielt mich am Hemd fest und sah mich aus den Augenwinkel an. »Übrigens…« Sie flüsterte. »Warum hast du mir vorhin nicht gesagt, daß das Kleid hier zu weit ist?«

Ich schüttelte den Kopf, blickte auf meine Schuhspitzen. »Wieso denn. Sitzt doch gut.«

»Ja, ja!« knurrte mein Vater. Er ging zum Fernseher, schaltete um. »Haut schon ab, ihr verrückten Hühner. Aber um Punkt ein Uhr ist sie wieder hier!«

Es folgte ein rascher Aufruhr im Schlafzimmer, das polternde Anprobieren, Verwerfen und Wiederanprobieren von Stöckelschuhen, das Zischen von Haarsprayflaschen und Parfümzerstäubern, dann warf meine Mutter uns einen Handkuß zu, »Tschüs, seid artig!«, und die Tür fiel ins Schloß. Und kurz darauf hörte ich die Pfennigabsätze der beiden Frauen hinterm Haus, das rasche Tack-Tack auf dem Pflaster längs der Kellerfenster, vor dem die Kanarienvögel verstummten.

Pavels Mutter strich mir eine Strähne aus der Stirn, wies mit einer Kopfbewegung zum Badezimmer und fragte, ob ich etwas essen wolle.

»Nein«, sagte ich und schloß die Haustür. »Oder vielleicht ein Tomatenbrot. Ein kleines. Mit Zwiebeln.«

Ihr Sohn saß in seiner Lee, die er unten ausgefranst hatte, in der Wanne und schrubbte die Schenkelpartien mit einer Bürste voller Ata ab. Auf dem Klodeckel dudelte sein Radio, in der Seifenschale rauchte eine Kippe.

»Man muß die Buchse beim Waschen anlassen«, sagte er. »Dann sitzt sie nachher hauteng.«

»Aber nur, wenn du sie auch auf der Haut *trocknen* läßt. Und dafür brauchst du bei dem Wetter Tage.«

»Quatsch. Ich nehm den Fön. Kannst in der Küche auf mich warten.«

Frau Schönrock hatte mir Teller mit Nudelsalat, kalten Frikadellen, Silberzwiebeln, Radieschen, einer Käsestange und zwei Tomatenbroten auf den Tisch gestellt. Dazu einen Bierkrug voll Milch.

»Wie läuft es in der Schule, Simon?«

»Danke. Geht so.«

Sie stand an der Spüle und schälte Kartoffeln. »Sei froh, daß du noch lernen kannst. Die Schinderei kommt früh genug. Guck dir meinen Jungen an. Knapp fünfzehn, und die Hände voller Schwielen.«

»Ja«, sagte ich und aß. Ich blickte aus dem Fenster in den Garten. Es regnete leicht.

»Ich war von Anfang an dagegen. Von Anfang an. Er und mein Mann können sich zu Hause nicht leiden und fluchen und brüllen und prügeln sich fast, und jetzt arbeiten sie noch in derselben Halle. Dann will es jeder besser wissen, und ich steh dazwischen und werd verrückt vor Angst. Ich kann das Wort Gute-Hoffnungs-Hütte schon nicht mehr hören. Glaubst du das?«

»Ja«, sagte ich.

»Wenn der nur nicht so wird wie sein Vater. Immer und immer betrunken. Immer nörgelig. Du ahnst nicht, was ich hier auszustehen hab. Trinkt der Pavel viel?«

»Nein, nicht viel.«

»Du paßt auf ihn auf, oder?«

»Ja.«

»Also, am Wochenende mal einen Schwips, das ist schon in Ordnung, da sagt keiner was. Aber Tag für Tag das schöne Geld dem Wirt in den Rachen. Und stell dir vor, Simon, dann wundert sich so ein Mann, daß man ihn nicht riechen kann, daß man sich ekelt vor dem und einfach nicht mehr ... Ach, was erzähle ich dir. Geht euch vergnügen. Seid sorglos und unbeschwert. Soll ich dir noch Matjesbrot machen?«

Ich hatte zwei Radieschen im Mund und winkte ab. Als sie sich nach einer heruntergefallenen Kartoffelschale bückte, rutschte das kleine Goldkreuz aus dem Kragen ihrer Kittelschürze. Sie nahm die Milchflasche vom Schrank und goß mein Glas noch einmal voll.

»Aber mit dieser Clique, mit den Kowanda-Leuten zieht ihr nicht mehr um die Häuser, oder?«

Ich schüttelte den Kopf. »Hat sich erledigt.«

»Gott sei Dank. Die paßten auch nicht zu euch, das hab ich gleich gesehen. Da war so viel ... Gemeinheit in den Augen. So viel Mißgunst und Neid.«

»Wieso Neid?«

Das Brot vor der Brust, hatte sie doch noch eine Scheibe abgeschnitten, und nahm die Rama aus dem Kühlschrank. Und ein großes Stück Käse. »Ach, wie soll ich sagen. Weil keiner von denen wirklich gut aussieht, Simon. Keiner ist so hübsch wie du oder der Joschi.«

Sie nannte Pavel manchmal Joschi, und ich murmelte: »Ja? Finde nicht, daß ich gut aussehe.« Doch das hatte sie wohl nicht gehört. Sie hobelte etwas von dem Edamer ab.

»Ach Kinder, Kinder ... Wenn ich euch doch nur vor all dem bewahren könnte. Bei meinen Eltern war es auch so, ganz genau so, und ich habe gedacht: Nein, das will ich nicht. Das mach ich anders. Aber dann kommt einer, den du magst, jedenfalls am Anfang, auch wenn du nicht wirklich glücklich bist. Es ist wie verhext. Du könntest mit anderen viel glücklicher sein, das fühlst du, doch den hier liebst du nun mal und findest nicht mehr weg. Und endlich bist du schwanger, und alles geht genau denselben Weg.«

Sie belegte das Brot mit zwei Scheiben Käse, schnitt rasch eine Gewürzgurke ein, fächerte sie auf und schob sie mir vom Brett auf den Teller. Dann drehte sie sich um, arbeitete wieder an der Spüle. Ich probierte den Nudelsalat.

»Und denk dir, Simon ... Ich weiß gar nicht ob ich dir das erzählen kann. Aber sonst erstickt man doch! Bloß weil ich nebenan schlafe ... Also, ich lege mich nicht mehr ins Ehezimmer, ich geh da nicht rein. Nur zum Putzen. Und weil ich auf dem Sofa übernachte, glaubt der, ich hätte plötzlich einen anderen, einen Liebhaber. Ja! Ist das nicht verrückt? Als ob ich dann nicht schon weg wäre! Mein Gott, sind das hier Kartoffeln oder Zwiebeln...«

Sie füllte den Topf mit Wasser, stellte ihn in den Eisschrank und drückte, während sie sich die Augen wischte, die Tür mit der Hüfte zu. Ich schaute hinaus. Das rhythmische Zucken der Baum- und Unkrautblätter im tröpfelnden Regen machte den Eindruck, als würden sie von einem verborgenen Mechanismus, von Zahnrädern unter dem Garten bewegt.

»Das ist alles so ... so unwürdig, Simon. Die haben offenbar nichts anderes im Kopf, diese Kerle. Als ob ich überhaupt noch daran *denken* könnte, bei all den Sorgen!«

Sie zog ein Taschentuch aus ihrem Kittel und schneuzte sich. »Schlaft ihr wieder im Zelt?«

»Keine Ahnung. Wahrscheinlich.«

»Dann leg ich noch ein paar Decken rein, oder? Eßt ihr abends gern Schokolade?«

Ich nickte und zuckte mit den Schultern zugleich, und sie öffnete eine blaue Dose. Mit einer Fingerspitze voll Creme fuhr sie sich mehrmals rasch über den Mund, ein ovales Kreisen. »Die Liebe ist ein seltsames Spiel, wer solls verstehn … Oder wie das geht. Wenn mir das einer früher erzählt hätte, dieses Aussichtslose, Graue jeden Tag. Dabei könnte alles so schön sein.« Sie zeigte auf eine Glasschüssel unter dem Hängeschrank. »Bleib doch morgen zum Essen, Simi. Es gibt Sauerbraten. Mit selbstgemachtem Apfelkompott und böhmischen Klößen.«

»Mal sehen«, sagte ich.

»Und raucht nicht so viel heute abend, hörst du. Schau mir auf den Jungen. Ihr seid noch in der Entwicklung.«

Ich nickte, und mit beiden Händen nahm sie das große Fleischstück aus der Schüssel und ließ die trübe Marinade abtropfen. Ein Lorbeerblatt und einige Pfefferkörner und Wacholderbeeren klebten daran, und sie preßte den rohen Braten, wrang ihn etwas. Dabei ließ sie ein tonloses Flöten hören. Doch ich sah, daß sie wieder weinte.

»Sie haben da noch was«, sagte ich.

Sie blickte sich um. »Wie? Wo denn?«

»An der Wange.«

»Hier?« Sie versuchte mit der Schulter daran zu kommen.

»Nein«, sagte ich. »Da!«

Aber auch mit der anderen Schulter erreichte sie es nicht und beugte sich, das tropfende Fleisch an den gestreckten Armen über der Spüle, zu mir hinunter. Ich wischte ihr die Creme mit dem Handballen von der Haut, vorsichtig. Trotzdem verzogen sich ihre Lippen, die warm und weich waren, und sie schloß kurz die Lider.

»Hast du Kohle?« fragte Pavel auf dem Weg zum Kaiserhof.

»Nicht viel«, sagte ich. Samstags früh, sofern ich aus dem Bett kam, half ich auf dem Markt aus, baute Stände auf, stapelte Obst zu Pyramiden und verkaufte manchmal auch Gemüse. »Der Kartoffelkopp hat mir nur 'n Fünfer gegeben.«

»Na, ich lad dich ein«, sagte er. »Bleib mal stehen.«

Hinter dem Bretterzaun hörte man die Band. Gitarren wurden gestimmt, Mikrophone getestet, die Hammondorgel, und er strich mit der Fingerspitze über das Gitter einer Kellerluke, drehte mich ins Laternenlicht und färbte mir den Flaum auf der Oberlippe mit Ruß. Dann zerzauste er meine Haare, begutachtete sein Werk und sagte: »Okay, Oller, jetzt bist du sechzehn.«

An der Kasse stand Ratte, einer der beiden Geschäftsführer, und im Gegensatz zu Schwein machte er kein Theater und fragte nie nach dem Alter. Er ließ jeden rein, auch wenn er Windeln trug, Hauptsache, die Kasse stimmte. Und wenn das der Fall war, schickte er einen Schlägertrupp durch den Saal, Ausweiskontrolle, und alle unter sechzehn flogen raus und sahen das Eintrittsgeld nie wieder.

»Heute suchen wir uns was zum Pimpern«, sagte Pavel und reichte mir eine Sinalco. »Hab schon 'ne Packung Lümmeltüten im Zelt versteckt.«

Er hatte die Jeans nicht trocken gekriegt, trug eine nachtblaue Feincordhose mit Rosenmuster und eine beige Windjacke. Deren Futter und die Rückseite des hochgeschlagenen Kragens waren aus demselben Stoff wie die Hose. Die Band spielte ein kurzes Instrumentalstück, die Einleitung, und einige Mädchen gingen paarweise zur Toilette. Wenn sie dazu über die Tanzfläche mußten, hielten sie sich bei den Händen, und Pavel, der mit dem Rücken zur Bar stand und beide Ellenbogen auf den Tresen gelegt hatte, blickte ihnen kopfschüttelnd nach.

Das Licht wechselte, die Band spielte »No Milk Today« mit schepperndem Echo, und eine Frau, mindestens dreißig, lächelte ihn an. Sie saß allein unter der Empore, wo es etwas dunkler war, doch in den Neonblitzen, die durch die Pendeltür zum Kassenraum fielen, konnte ich sehen, daß sie Nahtstrümpfe trug und Overstolz rauchte. Und der Scheitel ihrer blonden Haare war schwarz.

Kein Tisch mehr frei, und Pavel grinste, stieß mich an, wies mit einem Kinnruck nach hinten. »Schau, schau...«

Kontrolle. Es waren acht Leute, alle in Jeans und Leder-
jacken, und ich kannte keinen außer den Fekete-Brüdern. Aber das half nichts. Jeweils zu zweit kämmten
die Rocker den Saal und die Toiletten durch, und wer
gehen mußte, wagte nicht zu widersprechen. Den Blick
auf den Boden gerichtet, ging man betont lässig, die
ausgestellten Hosenbeine schlackerten, und mancher
der Rausgeworfenen schnippte verächtlich mit den Fingern oder steckte einmal rasch die Zunge vor.
»Komm schon«, sagte ich. »Hauen wir ab.«
»Quatsch!« knurrte Pavel. »Ich arbeite hart für mein
Geld, da laß ich mich doch nicht auf die Straße setzen.
Schon gar nicht von solchen Hülsen. Jetzt richten wir
erst mal ein Blutbad an.«
Er zog mich am Pullover zu dem Tisch der Frau, nickte
ihr zu und fragte: »Entschuldigung, sind Sie zufällig
Ärztin?«
Sie lächelte, hocherfreut. Dann schlug sie ein Bein übers
andere, und der spitze Schuh schlappte von der Hacke.
»Sehe ich so aus? Was fehlt euch denn?«
»Tja«, sagte Pavel. Er stellte einen Fuß auf den freien
Stuhl. »Ich glaube, wir sind krank. Mit Fieber und allem. Liebeskrank. Wir haben uns ganz fürchterlich verguckt.«
Sie zog an ihrem Rock, sah uns stirnrunzelnd an. Ich
konnte die Augen nicht erkennen, aber um ihren Mund
herum war ein strenges Schmunzeln. Dann, die Hände
noch am Saum, legte sie den Kopf in den Nacken und
lachte so, daß man die Zahnplomben sah.
Pavel setzte sich und zeigte auf ihr Glas. »Für 'ne Kir-

sche sieht das Ding darin aber ziemlich verbeult aus.« –
»Stimmt«, sagte die Frau und hielt uns ihre Zigaretten
hin. »Ist auch eine Olive.« Sie stutzte, zog die Schachtel wieder weg. »Dürft ihr überhaupt schon rauchen?
Nachher mache ich mich strafbar, was?«
»Keine Angst«, sagte er. »Wir dürfen so manches nicht,
tun es aber trotzdem.« Er nippte von ihrem Drink, sah
sie dabei an. »Wie heißen Sie denn? Martina?«
Doris wollte sie genannt werden, und als sie nach seinem
Namen fragte, zeigte Pavel auf mich und sagte: »Das ist
übrigens der Olle. Wir machen immer alles zusammen.
Er kann irre Geschichten erzählen, von bissigen Zwer-
gen mit Hundeohren und kleinen roten Gummistiefeln.
Stimmts?«
Ich antwortete nicht, beobachtete die Feketes. Sie kamen näher, hatten uns auch schon gesehen, und während der eine noch einen Paß kontrollierte, starrte mich
der andere, der jüngere, feindselig an. Dabei schob er
beide Daumen hinter die Gürtelschnalle und beulte sich
die Backe mit der Zunge aus, eine Pose, die ich mir mer-
ken wollte. Er spuckte auf den Boden. Rasch setzte ich
mich an den Tisch.
»Und in wen habt ihr euch verguckt?« fragte die Frau.
»Zeigt mir die Beneidenswerte.«
Der ältere Bruder drehte sich um, zog den Rotz hoch
und streckte die Pranke mit den aufgeschrammten Knö-
cheln vor. Seit einem Jahr, seit man ihm auf der Kirmes
ein Stilett in die Kehle gestoßen hatte, konnte er nur
noch krächzen, mit Mühe. Sein Kopf war rot.
»Ausweis?«

Ein hörbares Fragezeichen, eine Höflichkeit, und Pavel griff behutsam nach der Hand der Frau. Sie schloß die Finger fest um seine. Dann drehte er sich um und schüttelte den Kopf.

»Danke, Rudi, brauch ich nicht. Wir kennen dich doch.«

Der Mann zog grübelnd die Brauen zusammen. Hätte sein Nachdenken ein Geräusch gemacht, wäre jetzt das Rappeln leerer Flaschen im Kasten zu hören gewesen. In dem offenen Mund konnte man die Zahnlücke sehen, die Zunge dahinter.

»Der vernatzt dich«, sagte sein Bruder.

»Weiß ich doch!« krächzte Rudi und trat noch einen Schritt vor. »Ausweis oder raus! Aber flott!«

Er hatte einen Schlagring aus der Tasche gezogen. Pavel, die Overstolz im Mundwinkel, lehnte sich zurück, bis sein Stuhl nur noch auf zwei Beinen stand, verschränkte die Finger vorm Bauch und blickte zu den beiden auf. Ich sank etwas tiefer in meinen Pullover.

»Hört mal zu, ihr Platzpatronen. Wir haben Eintritt bezahlt, oder? Wir trinken nichts Alkoholhaltiges, vögeln nicht unterm Tisch, und...« Er blies Fritz, dem jüngeren, seinen Qualm ins Gesicht. »...wir rauchen nicht, klar? Außerdem sind wir mit einer *Erziehungsberechtigten* hier. Bis zweiundzwanzig Uhr könnt ihr uns also gar nicht meinen. Verpißt euch!«

»Und nicht so böse gucken!« sagte Doris. Sie drohte Rudi mit dem Finger. »Das sind meine Gäste.«

Die beiden knurrten sich irgend etwas zu und verschwanden, und ich nahm mir auch eine Overstolz,

41

lehnte mich zurück. »Üble Typen. Mein Bruder zieht mit denen rum. Die haben Waffen zu Hause, ein ganzes Arsenal. Ihr Vater sammelt die.«

Doris hob die angemalten Brauen und legte eine Hand auf die Brosche an ihrem Kragen. »Waffen? Um Gottes willen! Was machen die mit Waffen?«

»Was man so damit macht«, sagte Pavel. »Kartoffeln schälen, Dosen öffnen…« Und dann stand er auf, verneigte sich grinsend und bat sie um einen Tanz.

Das Licht wechselte wieder, ein langsames Musikstück, auf vielen Mädchenhüften lagen Hände, und schon beim Hinschauen fühlte ich den leicht verrutschenden Stoff unter meinen. Aber ich glaubte ja auch, einen Apfel zu riechen, den man in einem Spielfilm schält. Fast eine Stunde trieben sich die beiden auf der Fläche herum. Die Fekete-Brüder lehnten an der Bar, und ich traute mich nicht, allein durch den Saal oder auf die Toilette zu gehen. Ich rauchte eine nach der anderen, betastete Doris' Handtasche auf dem Stuhl, versuchte zu erraten, was darin war, und nippte an dem Martini. Dann bestellte ich mir noch eine Sinalco.

Schließlich war die Band fertig mit ihrem Repertoire. Doch statt der Erkennungsmelodie, mit der man die Pausen einleitete, erklang wieder »No Milk Today«, und Pavel und Doris tanzten weiter. Sie war einen halben Kopf größer und fülliger als er und versuchte manchmal, ihn aus dem Schritt zu bringen. Doch er hatte die Tanzschule besucht, und auch wenn sie sich zum Spaß ein wenig fallen ließ, hielt er sie fest im Griff. Dann strahlte sie, und einmal, während eines Gitarren-

wechsels, strich sie ihm heftig atmend eine Locke aus
der Stirn und ließ den Handrücken an seiner Schläfe, bis
die Musik wieder einsetzte.

»Möchte mal wissen, was das bedeutet«, sagte sie, als
wir hinter den Schrebergärten zum Tackenberg gingen.
Der Weg war unbeleuchtet und nicht asphaltiert, und
wir hielten uns bei den Händen und wichen den Pfützen aus, in denen sich mondbeschienene Wolkenränder
spiegelten. »Wieso immer diese Jungen. Was finden die
an mir?«
Ich mußte einen großen, spreizbeinigen Schritt machen,
wobei mir ihre Hand entglitt, und reichte ihr noch einmal den Flachmann, den wir an einem Kiosk gekauft
hatte, Rumverschnitt. »Weil Sie selbst so jugendlich
aussehen.«
Wir nahmen den Pfad hinter der Pommesbude, bogen
um den Schätzlein-Markt, und dann standen wir vor
der Garage, und Pavel legte einen Finger an die Lippen.
»Also, Leute, keinen Mucks. Absolute Stille.«
Geräuschlos öffnete er das große Blechtor so weit, daß
wir gebückt hindurchkamen. Dann schloß er es ebenso
leise, ich drückte auf den Lichtschalter, und wir zwäng-
ten uns an dem Ford Taunus vorbei. Obwohl Pavels
Vater schon lange keinen Führerschein mehr hatte, war
der cremefarbene Wagen mit den dunkelblauen Kot-
flügeln und den Weißwandreifen blank poliert. Hinter
der Heckscheibe lag ein gehäkelter Bezug für eine Klo-
papierrolle, leer.
Ich öffnete die Tür zum Garten. Doch jetzt blieb Doris

stehen, starrte auf einen Ölfleck zwischen ihren Schuhen und schüttelte den Kopf.

»Hört mal, was habt ihr mit mir vor?« fragte sie, ohne die Stimme zu dämpfen. Sie ignorierte Pavels Zischen, und ich zog die Tür noch einmal zu. »Was zum Teufel wird das? Was *mach* ich hier?«

Sie warf den Kopf in den Nacken und starrte mit großen Augen auf die Werkzeuge und Gartengeräte an der Wand. »Nee, nee, Kameraden. Nicht mit mir.«

Rasch trat Pavel hinter sie, legte ihr einen Arm um den Bauch, eine Hand auf den Mund und küßte ihren Hals. Sie seufzte wie gequält, schloß die bläulich gefärbten Lider und wiegte sich ein wenig. Ich sah ihre Zungenspitze zwischen seinen Fingern.

Gebückt schlichen wir zu dem Campingzelt hinter den Apfelbäumen. Frau Schönrocks Katze folgte uns schnurrend, und ich knipste die Taschenlampe an, die von der Firststange hing, suchte nach Streichhölzern für die Kerze. Auf der großen Luftmatratze lagen zwei Flaschen Orangensaft und eine Packung Mohrenköpfe. Ich setzte mich, öffnete sie und schob mir einen bis zur Waffel in den Mund. Absolut frisch, weich wie Schnee.

»Wann wollt ihr frühstücken?« stand auf einem Zettel neben der Kerze, und Pavel, der sich bereits ausgezogen hatte, legte sich hin und sah Doris an. Sein Penis war erigiert und überhaupt nicht groß oder dick. Doch die Ungeniertheit, mit der er ihn zeigte, ließ ihn irgendwie edel erscheinen. Mit der flachen Hand klopfte er neben sich, auf die Decke. »Na komm...«

Doris, die Fäuste an den Hüften, blickte auf uns hinunter und streifte langsam, ohne sich zu bücken, ihre Tanzschuhe ab. Ich bot ihr von den Süßigkeiten an, doch sie verneinte, indem sie einmal kurz die Augen schloß. Ohne Pavel direkt anzusehen, ließ sie sich auf die Matratze sinken, nur auf den Rand, wobei sie den Rocksaum festhielt. Dann strich sie eine ihrer blonden, etwas strohigen Strähnen hinters Ohr. »Das habt ihr euch also gedacht.«

Keiner von uns antwortete, und sie fuhr mit den Fingerspitzen über Pavels Waden, schüttelte den Kopf und lächelte verträumt. »So schöne Haut.«

Schließlich atmete sie tief, öffnete einen Knopf an der Manschette ihrer Bluse. Dabei blickte sie sich um, als suchte sie eine Ablage für die Kleider, und sagte beiläufig: »Paßt mal auf, Kinder, ich mach das aber nicht vor versammelter Mannschaft.«

Ich hatte verstanden, schnappte mir die Negerküsse und wollte gehen – da federte Pavel hoch, zog die Frau auf die Matratze. Er war sehnig und stark, wälzte sich über sie, und sie lachte und rief: »He da! Immer langsam mit den jungen Pferden. Macht das Licht aus!«

Er griff unter den Rock, irgend etwas riß, und kaum drängte er sich zwischen ihre Schenkel, war sie eine andere, hatte auch eine andere Stimme, und ich flüsterte: »Zeig mal…« Doch Pavel, die Arme gegen die Matratze gestemmt, starrte zur Firststange hoch, und während er sich immer schneller bewegte, klang das feuchte Geräusch, das die Körper erzeugten, immer dunkler. Und plötzlich stöhnte sie laut, die Frau, stieß ihn weg und zog sich an einem Campingstuhl hoch.

»Oh Scheiße!« flüsterte sie. »Verfluchter Mist.« Sie humpelte im Vorzelt herum und wehrte uns mit einer Handbewegung ab. »Bleibt da, bleibt liegen. Ich komm gleich wieder.«

Ein Wadenkrampf. Sie weinte. Doch als er vorbei war, streifte sie die Kleider ab, trank einen Schluck Saft, löschte die Taschenlampe und legte sich wieder zwischen uns, gähnend. Schmiegte sich an Pavel.

Ich pustete die Kerze aus, kroch in den Schlafsack und zog mir die Kapuze über die Augen. Draußen strich die Katze durchs Gras, kratzte an der Plane, und die beiden bewegten sich nun in einem ruhigen, fast träumerischen Rhythmus. Auch das Stöhnen der Frau war leiser, kaum mehr als ein zittriges Ausatmen, und schließlich roch ich Pavels Samen, drehte mich um und versuchte einzuschlafen. Ich mußte pinkeln, genierte mich aber, unter die Bäume zu gehen. Man konnte den Strahl durch den Zeltstoff hören.

Doris murmelte etwas, kicherte, und Pavel fragte: »Was ist, Oller?« Auch er sprach gedämpft. »Soll sie dich mal ranlassen?«

Ich schüttelte den Kopf, was sie natürlich nicht sehen konnten, langte nochmal nach den Negerküssen, kriegte aber einen Schuh zu fassen, und plötzlich hatte die Nacht einen Reißverschluß. Blitzschnell warfen wir die Decken über Doris und lehnten uns an den Haufen, als wäre er ein Kissenberg. Ich stellte die Schachtel obenauf, und Pavel steckte sich eine Zigarette an und sagte: »Was willst du?«

»Joschi?« Frau Schönrock flüsterte. Sie stand wohl im

Vorzelt, war aber in der Dunkelheit nicht zu erkennen.
»Seid ihr da?«
»Ich habe gefragt, was du *willst*!«
»Alles in Ordnung? Habt ihr alles?«
»Natürlich haben wir alles. Was soll die Frage!«
»Ich dachte, ich hätte was gehört.«
»Ja, wir unterhalten uns. Hau ab!«

Der Käfig stand auf dem Küchentisch. Am Tragegriff das Stück einer Luftschlange, auf dem Boden zwei Näpfe, und überall lagen Konfettiplättchen, auch zwischen den Körnern. Eine Hirsestange war in das messingfarbene Gitter geflochten, und unter dem Spiegel hing ein Glöckchen.
»Was ist denn *das*!« sagte Traska, noch im Schlafanzug. »Schon wieder ein Vieh?«
Ich trank Pfefferminztee, und er nahm sich eine Flasche Yoghurt aus dem Kühlschrank und kramte in der Schublade nach dem langen Löffel. Der hellgrüne Wellensittich legte den Kopf schräg, beäugte uns kurz und widmete sich wieder seinem Spiegelbild.
»Der stinkt«, sagte Traska.
»Das ist der Sand«, erwiderte ich und zeigte auf die Packung Trill und die Karte mit Goldrand neben dem Aschenbecher: »Twist-Wettbewerb, Gaststätte Maus. Erster Preis. Wir gratulieren.«
Traska bewegte die Lippen, während er las, schüttelte den Kopf. »Wir auch«, sagte er schließlich. »Und zwar mit Schmackes. Der Piepmatz lebt nicht lange.«

»Wieso?«

Er grub sich nah am Glas ein Loch in den Yoghurt und kratzte die Kirschen vom Flaschenboden. »Todesurteil ist schon unterschrieben.«

»Laß bloß die Finger von dem, sonst kriegst du es mit mir zu tun.«

»Da hab ich aber Angst.« Er aß die Süßigkeit wie meine Mutter, steckte sich einen vollen Löffel in den Mund und zog ihn halbvoll wieder heraus. »Die Stunde der Rache ist gekommen.«

»Rache? Wofür?«

»Na, für die Schildkröte voriges Jahr!«

»Das war doch keine Absicht.«

»Das war Mord.«

»Quatsch. Sie hat geglaubt, die wäre tot.«

»Tot! Jeder Mensch weiß, daß Schildkröten Winterschlaf machen, oder? Jedes Kind!«

»Aber sie wußte es eben *nicht*. Sie dachte halt, dein Mecki-Toto guckt seit Wochen nicht aus dem Panzer, knabbert kein Salatblatt an, pinkelt nicht mehr in den Sand – also ist er tot.«

»Und schmeißt ihn in die Abfalltonne?! Zack. Und ich komm von der Schule, renne in den Keller, und die Müllabfuhr ist weg. Und als ich schreie und weine, kriege ich auch noch Dresche.«

»Du hast sie Fotze genannt.«

»Na und? Ist sie doch.« Er stellte den Yoghurt weg und klappte den Nähkasten auf, die treppchenartigen Fächer. »Mal sehen, womit wir die Exekution durchführen können. Was meinst du?«

Er zog eine Stricknadel aus der Wolle. Langsam schob er sie durch das Gitter, und der Vogel ließ sich an den Spiegel drängen, hüpfte auf eine andere Stange. Traska schlug nach ihm, verlor den Spieß und öffnete die Drahtklappe so weit, daß er den Arm in den Käfig stecken konnte. Doch der Sittich wich ihm aus, flügelschlagend, und wirbelte feinen Sand und Körnerhülsen hoch.

»Hör auf«, sagte ich und wischte mit dem Pulloverärmel über den Tisch.

Er grabschte immer wieder nach ihm, wobei er den Hirsekolben zerbrach und einen Napf umstieß, das Wasser. Das Tier schrie empört, ein paar winzige Federn flogen, und endlich kriegte Traska es zu fassen, an einem Flügel nur, ließ aber sofort wieder los.

»Gebissen«, sagte er und starrte auf die Nagelhaut an seinem Daumen. »Mistvieh. Na warte.«

Er schloß die Klappe und wühlte wieder im Nähkasten herum, musterte kurz eine halbe Schere und das Silberrädchen für die Schnittmuster. Dann riß er ein Stück von dem Wollgarn ab, das um eine Zugfahrkarte gewickelt war, machte einen Knoten, eine winzige Schlaufe, zog das Fadenende hindurch und prüfte die Schlinge am Zeigefinger. Sie hielt, und er summte eine Art Trauermarsch und trat an den Käfig: »Hiermit verurteilen wir dich zum Tod durch den Strang. Fahr zur Hölle, Fremder.«

Ich lachte. »Einen Vogel aufhängen? Da kannst du gleich die Luft erdrosseln.«

»Abwarten«, murmelte er und ließ die Schlinge durch

die Gitterstäbe auf den Sittich hinunter. Der war schon wieder mit seinem Spiegelbild beschäftigt, erzählte ihm näselnd wer weiß was, knabberte kurz an dem grünen Garn und beachtete es dann nicht weiter. Auch nicht, als er den Kopf schon in dem Fadenrund hatte und Traska versuchte, es durch ruckelnde Bewegungen zuzuziehen. Was aber kaum gelang. Das Garn war zu rauh.

Um das Tier aus der Gefahr zu bringen, beugte ich mich vor und schlug mit dem Teelöffel gegen den Spiegel. Erschrocken hüpfte es auf die andere Stange – und schloß damit die Schlinge.

»Danke«, sagte Traska.

Langsam, ganz langsam zog er den Faden an, und der Vogel legte den Kopf schräg. Er krächzte leise, klammerte sich am Rundholz fest. – »Tja, da staunst du, was? So schnell ist das Leben vorbei. Macht es Spaß, das Abkratzen? Hörst du schon die Engel singen?«

»Schluß jetzt!« sagte ich und stand auf. Doch Traska, ohne das Tier aus den Augen zu lassen, streckte eine Hand vor, spreizte die Finger.

»Keine Bewegung, Alter. Wenn du mich anfaßt, brech ich ihm mit einem Ruck das Genick.«

Ich setzte mich wieder, nur auf die Stuhlkante. »Ich warne dich...«

Er zog langsam weiter, der Vogel schien sich immer noch zu strecken, zwischen den Federn war rosige Halshaut zu sehen, und er rührte keinen Flügel. Noch hielten seine Krallen den Holm umklammert, die Lider waren halb geschlossen, die Augen trüb, und Traska murmelte: »Scheiß nur, mein Süßer. Gleich hat sichs ausgeschissen.«

Das Tier gab keinen Laut von sich. Beide Flügel wie gelähmt, den Schnabel etwas geöffnet, die dicke Zunge pulsierend, hing es ergeben an dem Faden, den Traska sich um den Finger gewickelt hatte. Und als der Zug schließlich zu stark wurde und sich die Krallen spreizten und langsam von der Stange lösten, grinste mein Bruder mich an und ließ ihn auf und nieder wippen, den Vogel. Wie ein Lot.

Ich schlug ihm die flache Hand ins Gesicht. Er schrie, wie immer übertrieben, damit die Eltern es hörten, stolperte über den Hocker, stieß den Käfig vom Tisch. Das Bodenblech löste sich, ich rutschte auf den Körnern aus, dem Sand, und noch ehe ich bei ihm war, stand Traska wieder auf den Beinen, packte das reglose Tier, riß den Kühlschrank auf und schmiß es ins Eisfach. Dann rannte er ins Bad und riegelte ab.

Die schmalen Lippen meiner Mutter waren so blaß, daß man sie kaum sah. Sie zog sich den gesteppten Morgenmantel vor der Brust zusammen und langte nach dem Nescafé-Glas. »Das ist doch nicht dein Ernst!« Offenbar hatte sie mit ihrer Kette geschlafen, man sah noch die Eindrücke der Perlen am Hals.

Mein Vater stellte eine Kiste Tomaten auf den kalten Kohleherd, zu den Tüten, Päckchen, Dosen und Gläsern. »Warum nicht?« sagte er. »Mal was Neues.«

Sie steckte sich eine Zigarette an, blies den Rauch in die

Gardine. »Sag mal, spinnst du? Ich hab Sauerbraten in der Röhre!«

»Den gibts halt morgen.«

»Ach ja, am Montag. Und Dienstag Hummer, oder was?«

»Herrgott Liesel, mach kein Theater. Sitz du mal den ganzen Sonntag allein in so einem Ledigenheim … Sie wollen für uns kochen, das konnte ich schlecht abschlagen, oder? Das ist doch nett!«

Ihr Blick war reines Gift. »Sicher. So nett, wie die Wohnung nachher aussehen wird«, murmelte sie, streifte die Asche am Rand der Spüle ab und knipste ihr »Achtung, die Leute!«-Lächeln an, als Gino hereinkam.

Er stellte vier Korbflaschen Rotwein und einen Steinkrug voll Schnaps auf den Kühlschrank und gab meiner Mutter die Hand. »Buon giorno, Signora! Scheene Mantel da. Heute ich werde Sie machen verglückt. Cucina italiana. Neapolitana. Scharfe, scharfe, aber gut!«

»Ja, sehr gut!« sagte sie. »Und meine Küche? Die machst du hoffentlich hinterher sauber!«

Gino zog eine Zigarette aus der Schachtel, die mein Vater ihm hinhielt, schüttelte den Kopf. »Leider nein.« Er grinste breit. »Weil mach ich schon gar nicht erste schmutzig.«

»So siehst du aus!« Sie stand auf, betrachtete die Lebensmittel. »All das teure Zeug. Reicht ja für eine Kompanie. Und wie habt ihr das hergeschafft? Auch noch Geld fürs Taxi ausgegeben?«

Gino wies zur Wohnungstür, und meine Mutter, die gerade den Gasherd anzündete, drehte sich um. Man mußte den Knopf lange halten, und sie hatte sich angewöhnt, das Bein zu heben und mit dem Knie dagegen zu drücken, während sie mit der einen Hand nach dem Kessel langte und mit der anderen den Wasserhahn aufdrehte.

Der Mann auf der Schwelle, der uns wortlos, nur mit einem langsamen Kopfnicken grüßte, hatte eine Glatze und war noch kleiner als Gino. Rundlich, fast dick, trug er glänzende Stiefel mit Gummizug an den Seiten, eine gebügelte dunkelblaue Hose und ein rosa Hemd mit golddurchwirkter Krawatte. Im linken Arm hielt er ein Stangenweißbrot und mehrere Päckchen Nudeln, Spaghetti, dreimal so lang wie unsere von Birkel, in der linken Hand einen Blumenstrauß, und er drückte die Tür mit der Schulter zu. Der rechte Arm fehlte, der Hemdsärmel steckte im Hosenbund.

»Das ist Camillo«, sagte mein Vater. »Er hat einen Wagen.«

Der Mann ließ Brot und Nudeln aus der Armbeuge auf den Küchentisch gleiten und roch kurz, wie prüfend, an dem Strauß. Trotz der glatten Rasur gab es einen bläulichen Bartschatten auf seinen Wangen. Das Gesicht, der milde Ausdruck, erinnerte mich an einen Kaplan in unserer Kirche. »Guten Tag, Signora.«

Auch seine Stimme hatte etwas Dunkel-Samtiges, und meine Mutter, immer noch mit erhobenem, aus dem Morgenrock hervorragenden Knie zwischen Herd und Spüle, ließ den Kessel überlaufen.

»Ihr Mann war so freundlich uns einzuladen. Wir sind

zwar keine Köche, aber ich hoffe, wir werden Sie trotzdem nicht enttäuschen. Auf jeden Fall kochen wir mit Liebe. Con amore. Für eventuelle Umstände, die wir in Ihrer Küche machen sollten, bitte ich schon jetzt um Verzeihung. Darf ich Ihnen die Blumen als Zeichen unserer Freude und Zuneigung an das Herz legen?«

Blaue Iris, weißer Flieder, rote Rosen, keine Nelken, und die Beschenkte, die irgend etwas nicht fassen konnte, starrte uns an. Sie stellte den Herd wieder ab und kippte den Pulverkaffee aus der Tasse ins Glas zurück. »Blumen? Für mich? Wozu?«

Camillo lächelte. »Wer weiß? Die Welt hat jeden Tag Geburtstag in den Augen einer glücklichen Frau.«

Sie schloß den obersten Knopf des Morgenmantels, harkte sich mit beiden Händen durchs Haar. Ein Konfettiplättchen fiel uns vor die Füße, ein roter Punkt. »Ach so? Naja, schön. Danke auch. Dann geh ich mich mal umziehen, oder?«

Gino stellte das Radio an, krempelte sich die Ärmel auf und begann Kartoffeln zu schälen. Camillo öffnete die Schubladen und Schranktüren und begutachtete Pfannen, Töpfe, Zubehör. Er legte eine Reihe Messer auf den Tisch, klemmte sich den Griff eines Schleifeisens unter den Stumpf und schärfte eines nach dem anderen. Dann kippte er das Gemüse aus den Tüten in die Spüle, wusch es, winkte mich heran und zeigte mir, wie ich es zerkleinern sollte.

Das meiste hatte ich noch nie gesehen. Ich kannte Weiß-
kohl, Rotkohl, Blumenkohl, und Camillo steckte sich
einen Finger tief in den Mund, zog den Siegelring mit
den Zähnen ab, knetete ein Gemenge aus Eiern, Zwiebeln und gehacktem Fleisch durch und nannte mir dabei die einzelnen Namen: Auberginen, Zucchini, Avo-
cados, Artischocken, Fenchel und Oliven. Auch die
Gewürze und Kräuter waren mir fremd: Estragon, Ba-
silikum, Rosmarin, Thymian, Majoran, Knoblauch
und die getrockneten Peperoni-Schoten. Ich zerbröselte
eine, leckte mir etwas von der Fingerspitze, und Camillo warf eine Handvoll davon in den Topf und schob
mir sein Weinglas hin.
»Welche Gewürze kennst du?« fragte er, und ich trank
und sagte japsend: »Weiß nicht. Maggi.«
Gino hatte ein großes Blech mit rohen Kartoffelschei-
ben belegt. Darauf kamen dünn geschnittene Hähn-
chenfilets, Lorbeerblätter, Knoblauchzehen und eine
Prise Oregano, darauf wieder eine Lage Kartoffeln. Das
ganze wurde mit Olivenöl beträufelt und mit Paprika-
pulver überstäubt.
Er warf sich ein Geschirrtuch über die Schulter, öffnete
die Klappe des Backofens und wollte das Blech hinein-
schieben, stieß aber irgendwo an. Es schepperte. »Mar-
rone! Che cosa è?«
Auch Camillo bückte sich. Er nahm den verrutschten
Deckel von der Kasserole, tunkte den Finger in den
Fond und leckte ihn ab. Gino machte es ihm nach und
runzelte die Brauen. Beide blickten zu mir auf. »Sauerbraten«, sagte ich. »Eingelegt und angeschmort.«

Gino machte große Augen. »Saupraten? Da Mònaco? Mite Kraute?«

Ich grinste. »Nein: Sau-er. Das ist Rindfleisch.«

Camillos stutzte, schnitt sich ein Stück davon ab, hielt es gegen das Licht. »Von der Sau?« Und sein Freund warf den Kopf in den Nacken und lachte so gackernd und schrill, daß meine Mutter aus dem Schlafzimmer kam.

»Ihr scheint euch ja zu amüsieren«, sagte sie, eine Sprayflasche in der Hand. Ihre Haare waren etwas zu hoch toupiert, das Flurlicht schien hindurch, und Camillo breitete einen Arm aus; sein anderer, der Stumpf, zuckte im Ärmel. – »Una donna!« sagte er bewundernd, und auch Gino legte Daumen und Zeigefinger zusammen und küßte die Spitzen.

Meine Mutter trug Stöckelschuhe, Strümpfe ohne Naht, ihren dunkelgrauen, an den Seiten plissierten Kostümrock und eine weiße Bluse. Die Lippen waren wie die Fingernägel dunkelrot geschminkt, und sie schmunzelte, als sie mich hinter dem kleingeschnittenen Gemüse sah. »Wo ist der Alte?«

Ich zuckte mit den Schultern. Camillo reichte ihr ein Glas. Sie stieß mit ihm an, trank einen Schluck Wein, zog kaum merklich die Nase kraus und lehnte sich an den Türrahmen, beobachtete Gino. Der hatte auf den Küchenschrank gelangt, in den immer offenen Käfig, und der Wellensittich war auf seinen Handrücken gehüpft. Das machte er sonst nur bei meinem Vater, und Gino hob ihn in Gesichtshöhe und fütterte ihn mit einem Stück Gurke, das er zwischen den Lippen hielt.

»He, knutsch da nicht mit dem Vogel, ja! Der gehört mir. Das ist mein erster Preis!«

Er nickte, setzte das Tier auf den Käfig. »Weiß ich doch. Mach ihm bloß vergnügt. Wenn gut Laune, schmeckt süß. Dann wir schmeißen ihm Pfanne, und alle tanzen Twist!«

Sie lachte nicht, sah ihn nur an, aber in ihrem Blick war etwas Fremdes jetzt, etwas Festliches, es war, so dachte ich, ein Blick aus der Welt vor meiner Geburt. Gino ließ sein Feuerzeug schnappen, und momentlang fühlte ich eine Veränderung im Raum, unerklärlich und nicht zu fassen, wie das Gewicht einer Flamme.

Mein Vater öffnete die Wohnungstür. Er trug seinen dunkelblauen Arbeitskittel und wischte sich die öligen Hände an einer alten Baumwollwindel ab. Er hatte sich an Camillos Wagen zu schaffen gemacht, einem Mercedes 180. Spezialanfertigung, Lenkradschaltung links. Er mochte es, an Autos herumzubasteln, war Chauffeur gewesen im Krieg und Panzerspähwagenfahrer bei der Waffen-SS. Wir hatten aber nur ein Fahrrad.

»Der Vergaser ist es nicht. Ich seh noch nach der Zündung und werd dann die Kerzen reinigen.«

»Danke«, sagte Camillo. »Und die Bremsflüssigkeit?«

»Reicht«, sagte er, schon fast im Bad. »Reicht dicke.« Und zu meiner Mutter, nach einem Blick auf ihr Glas: »Steck mir mal 'ne Zigarette an.«

Kartoffeln und schwarze Oliven in einer öligen Tomatensoße, Avocado-Pürree in einer kleinen, mit Zitronenscheiben ausgelegten Glasschale, Blattspinat mit ganzen Knoblauchzehen, in Teig gewälzte, frittierte Zucchinischeiben, ein goldgelb überbackener Makkaroniauflauf, gedünstete Artischockenherzen mit einer Sauce aus Käse und Wein, gebratene Sardinen, eine große Platte Fleischbällchen mit frischen Kräutern, das »Toskanische Lorbeerhuhn«, Reissalat mit Sardellen, Tomatensalat, Römischer Salat, Feldsalat, Radicchio...

»Donnerwetter! Aber Salatmenschen sind wir eigentlich nicht«, sagte Herr Karwendel, der Nachbar von oben. Meine Mutter hatte ihn und seine Frau heruntergeholt, und er knabberte argwöhnisch an einer Olive.

»Machte nixe«, sagte Gino. »Gibt sowieso erst Spaghetti. Spaghettini!«

Er stellte den dampfenden Topf auf den Wohnzimmertisch, auf die neue Damastdecke, und Camillo brachte drei Schüsseln: Eine Sauce mit Räucherspeck und gebratenen Zwiebeln, eine Sahnesauce mit Austernpilzen und eine aus zerlassener Butter, mit Petersilie und Knoblauch.

»I moch immer Bolognes«, sagte Frau Karwendel. »Hobts die a?«

»Helmut!« rief meine Mutter. »Komm her! Willst du denn gar nichts essen?«

»Ich kann nicht«, sagte Herr Streep, der Nachbar von unten. Mein Vater hatte ihn heraufgeschickt. Er saß auf dem Hocker zwischen Aquarium und Schrank-

wand und hob sein Glas. »Bin noch ganz auf Flüssig-
kost.«

Frau Karwendel nickte. »Gell, das soll man nicht unterschätzen. So eine Scheidung zerrt an die Nerven.«

»Kannst du laut sagen.« Herr Streep, die Ellbogen auf
den Knien, roch an dem Wein. »Die Küche hat sie, das
Kinderzimmer, und jetzt will sie noch das Schlafzimmer
haben. Möchte mal wissen, wo ich pennen soll. Im Kohlenkasten?«

»Arrivederci, Hans!« sang meine Mutter und hielt Gino
den Teller hin. Dann sagte sie nur scheinbar zu mir:
»Mensch, heute ist mir zum ersten Mal aufgefallen, daß
ich keine Weingläser hab. Noch nie besessen.«

»Nicht so geizig!« rief Herr Karwendel. »Tu ihr mal
ordentlich drauf. Die hat doch nichts auf den Rippen.«

»Ach Manfred...« Meine Mutter hob eine Braue. »Ich
weiß ja, daß du dicke Frauen liebst. Man sucht den Aus-
gleich. Aber ich brauche nun mal große Männer – wenn
du weißt, was ich meine.«

Frau Karwendel, die nur mit Mühe in den Sessel paß-
te, lachte lautlos. Dabei schien alles an ihr zu wippen.
»Des war fei guat, Liesel. Hosts ihm amol gem, dem
Würschtl.«

»Nein!« sagte Camillo. »Nicht mehr. Bei uns sind Spaghetti nur Vorspeise. Spaghetti und Salat.«

»Könnte ich nicht 'n Bier haben?« fragte Herr Streep.

»Vorspeise!« knurrte Herr Karwendel und zwinkerte mir zu. »In Deutschland gibts nur Hauptspeise,
zack!«

»Naja«, sagte seine Frau. »Erst mal eine schöne Suppe, mit einem Sahnetipferl ... A net schlecht.«

Mein Vater kam aus dem Bad und hatte wie immer vergessen, die Tür zu schließen. Das Gurgeln der Klospülung war meiner Mutter peinlich, und sie sah ihn zurechtweisend an. Doch er verstand sie nicht, erwiderte den Blick mit einem Stirnrunzeln und zeigte ihr seine Hände, die Innenflächen, die Außenseiten. »Gewaschen.« Dann hängte er den Kittel an die Schlafzimmertür.

Camillo hob sein Glas. »Also: Salute! Auf das Leben! Auf die Liebe! Auf die Arbeit! Sie ruhe in Frieden. Auf die Freundschaft! Auf die schöne Frau des Hauses!«

»Mein Gott, worauf denn noch«, murmelte Herr Streep. »Können wir endlich mal trinken?«

»Auf die Vögeln!« rief Gino. »Auf die Fische! Auf die Sau in Praten!«

Meine Mutter lachte krähend, Herr Streep leerte sein Glas in einem Zug, und mein Vater, der bereits seine Nudeln zerkleinert hatte, schob sich eine Gabel voll in den Mund und schüttelte den Kopf. »Nicht gar.«

»Aber natürlich!« sagte Camillo. »Al dente!« Und Frau Karwendel stellte ihr Glas ab, beugte sich zu meiner Mutter hinüber und flüsterte: »*Wos* sagt der? Hobts an Saubraten?«

»Al ... was?« fragte mein Vater.

»Stimmt«, sagte Herr Karwendel. »Minütchen hätten sie noch gekonnt.«

»Um Gottes willen!« rief Camillo. »Weiche Nudeln sind wie Kleister im Bauch, da bist du sofort satt.«

Der andere grinste. »Na und? Ist doch gut. Sparst du Geld.«

»Aber Nudeln halten nicht lange vor«, sagte seine Frau.

Herr Streep stand auf. »Also, ich hol mir jetzt 'n Bier. Sonst sing ich gleich ‚O sole mio'. – Waller? Willste auch 'ne Granate?«

Mein Vater nickte, zog etwas Knorpel zwischen den Zähnen hervor. »Die Sauce schmeckt.«

»Deftig, kräftig!« sagte Herr Karwendel. »Mit Gewürzen könnt ihr umgehen, was? Und mit Weibern.«

Seine Frau schwitzte. »Mein lieber Mann!« Sie lehnte sich zurück und blies die Backen auf. Der Kopf war rot. »Des is *so* scharf... Ziagt dirs Hemd ins Möserl nei.«

Meine Mutter ließ die Gabel fallen. »Maria!« schrie sie, lachend. »Du altes Ferkel. Hier sitzt ein Kind!«

»Ach wo.« Sie wischte sich die Stirn. »Der hat a scho wos erlebt. Ge, Bua?«

Meine Mutter, das Glas an den Lippen, sah mich rasch an. Herr Streep setzte sich wieder neben das Aquarium und öffnete die Bierflaschen. »Laß die Finger von den Frauen, Simon. So viele Scheidungsgründe, wie die in petto haben, kannst du dir gar nicht ausdenken. Sogar die Liebe ist denen ein Scheidungsgrund.«

»Komm, komm, bleib auf dem Teppich!« sagte meine Mutter. »Was essen wir denn jetzt?«

»Egal.« Camillo kehrte die Handfläche vor. »Nimm, was du willst. Wir essen immer. Und zwischendurch Zigarette. Wir essen den ganzen Tag.« Er prostete mir zu.

»So seht ihr aus«, sagte Herr Karwendel, und seine Frau hob das Kinn, überschaute den Tisch, zeigte auf den Spinat mit den Knoblauchzehen. Sie leckte sich die Lippen. »Und wos is des?«

»Grüne Saueprate«, sagte Gino, ohne mit der Wimper zu zucken, doch sie tippte sich an die Schläfe.

»Und des? Mit der Soß?«

»Gelbe Saueprate.« Er grinste und wehrte einen Schlag meiner Mutter mit dem Unterarm ab. Die dicke Nachbarin schüttelte den Kopf, wendete sich an Camillo, zeigte auf die frittierten Fische. »Und wie heißen die?«

»Sauepratini mit kleine Schwanze«, sagte Gino und wippte, um der Hand seines Freundes auszuweichen, so weit zurück mit dem Stuhl, daß er gegen die Schrankwand schlug.

»He, laß die Stilmöbel heil!« rief meine Mutter, und ich zog ihn an den Tisch zurück. Mein Vater wischte sich den Mund mit dem Handrücken ab, schob seinen Teller weg, nahm den Kittel von der Türklinke und stand auf.

»Also, ich kümmere mich wieder um den Wagen.« Er steckte die Bierflasche in die Tasche. »War wirklich gut, Camillo.«

»Aber hör mal!« sagte der. »Das war die Vorspeise, und du hast kaum was gegessen. Was ist denn? Zu scharf?«

»Nein, nein. Ich gönn mir nachher noch was. Der Ölwechsel wartet.«

Er ging aus dem Raum, in die Küche, und ich hörte, wie er den Kühlschrank öffnete. Dem Rascheln zufolge nahm er sich irgend etwas aus dem Fettpapier, vielleicht eine kalte Wiener, und ich hustete, drehte meinen leeren Teller. Herr Streep zog seine Armbanduhr auf. Frau Karwendel stieß ihren Mann an, zeigte auf unsere neuen Übergardinen, und Gino und Camillo unterhielten sich gedämpft auf italienisch.

»War ihm doch zu scharf«, murmelte meine Mutter und nahm sich Wein. »Aber mir nicht. Prost Kameraden! Her mit dem Pfeffer!«

»Der Waller ist wie ich«, sagte Herr Streep. »Richtige Kumpel stehen auf Rohkost, weißt du.« Er hob sein Pils. »Geht nichts über so eine Weizenkaltschale.«

Doch Herr Karwendel aß mit vollen Backen. Er schmatzte und wischte sich das Öl mit Brot vom Kinn.

»Sakra, was für ein Huhn! Sowas Gutes! Und ganz einfach zubereitet, oder? Verdammte Papagalli, ihr wißt schon zu leben.«

»La dolce vita!« rief Gino und küßte seiner Frau die Hand.

»Si, si!« sagte Herr Karwendel. Er schaufelte sich noch ein paar Kartoffeln aus der Schüssel. »Tricko-Tracko. Und alles auf unsere Kosten.«

»Ach ja? Wieso?«

Meine Mutter, die sich eine Zigarette angezündet hatte, legte das verkohlte Streichholz auf ein Salatblatt am Tellerrand. »Das ist doch jetzt Quatsch, Manfred.«

»Was?! Überhaupt nicht. Schau dich mal um. Also, jetzt nichts gegen Camillo und ... Wie heißt du? Gino, ja. Aber die anderen? Die stellen Esel und Ziege beim Großvater unter, nisten sich hier ein und sahnen ab. Die machen Babys noch und noch und kriegen Kindergeld, haben Rentenansprüche und alles – und leben von Nudeln und Brot. Und dann fahren sie heim mit all dem Zusammengerafften und bauen sich eine Casa überm Meer!«

»Und warum nicht?« fragte meine Mutter.

»Warum nicht! Du bist gut. Weil das Geld im Land bleiben muß! Die könnten doch ohne unsere harte Mark keinen einzigen Schritt mehr... Hier, der Schinken zum Beispiel, Parmaschinken – der kommt aus Westfalen, wißt ihr das? Laßt euch doch nichts vormachen! Unsere guten westfälischen Schweine werden über die Alpen nach Parma gefahren, zack, Rübe ab, geräuchert oder was, und dann kommen sie als italienisches Produkt zurück in die Feinkostläden! Ja!« Er wies über den Tisch, schnippte mit den Fingern. »Oder 'ne andere Sache. Nehmen wir doch mal euer Dorf, Camillo. Nur als Beispiel. Habt ihr da Elektrizität?«

»Kimmt der net von Napoli?«

»Sag ich doch.« Herr Karwendel wehrte die frittierte Sardine ab, die seine Frau ihm vor den Mund hielt. »Camillo? Habt ihr da schon Strom?«

Gino, die Hände im Schoß, ließ die Daumen kreisen, während er eine einzelne, endlos lange Nudel in den Mund sog. Camillo steckte sich eine Zigarre an und blies zwei Rauchringe in die Luft. »Strom?« Sanft schüttelte er den Kopf. »Wir haben nur Rosen.«

Karwendel stutzte. »Was? Wieso Rosen. Hast du mich nicht verstanden? Ich meinte *Elektrizität*. Kühlschränke, Glühbirnen und so.«

64

Camillo nickte. »Glühbirnen haben wir.«

»Also habt ihr auch Strom.«

»Nein«, beharrte er. »Wir haben Rosen, überall.«

»Und was wollt ihr mit Glühbirnen ohne Elektrizität?«

»Weiß nicht. Gar nichts. Wir schauen sie an. Wir verfüttern sie an die Schweine. Und manchmal, besonders wenn wir verliebt sind, drehen wir sie in die Rosen.« Camillo machte eine Handbewegung. »Ganz langsam, ganz sacht...« Er blickte in die Runde. »Und sie leuchten!«

Alle schwiegen, und einen Herzschlag lang sah ich in dem Gesicht meiner Mutter etwas von dem jungen wundergläubigen Mädchen mit den dicken Zöpfen wieder; es gab ein Foto. Und Frau Karwendel, noch ein Stück Sardine im offenen Mund, legte ihrem Mann die fettigen Finger auf die Schulter, schloß die Augen und sagte: »Mei, Manfred! Is des schööön!«

Traska, barfuß, blieb in der Tür stehen. Der Trainingsanzug war überm rechten Knie zerrissen. In den schwarzen Haaren Gras und Flusen, und er hatte eine Schramme über dem Jochbein und sagte kein Wort.

»Da ist ja noch so'n Itacker!« Herr Streep hob die Hand. »Hallo Thomas, alles im Lack?«

Der zog nur den Rotz hoch, legte seinen Ball auf den kalten Ofen, und meine Mutter drehte sich um. »Oh, der Stürmerstar. Auch schon zu Hause. Guten Tag, sagt man.«

Mein Bruder schien sie gar nicht zu beachten, blickte stumm von einem zum anderen, und sie goß den Karwendels Chianti nach und sagte: »Er braucht immer 'n Weilchen, muß sich noch zurechtfinden. Ich war auch so als Kind, genau so. Erst hab ich den Mund nicht aufgekriegt, aber dann gequasselt bis zur Vergasung.« Und zu Traska, durch die Zähne: »Geh dich waschen.«

Doch der schüttelte den Kopf. »Was'n hier los.«

»Habt ihr gewonnen, oder was?« fragte Herr Streep.

Wieder reagierte er nicht, ging an Gino und Camillo vorbei und gab den Karwendels die Hand. Dabei sah er meine Mutter an und sagte: »Ich krieg noch Geld von dir.«

Sie war nicht erstaunt, blickte sich scheinbar belustigt um. »Ach ja? Das ist mir neu.«

»Mir aber nicht«, sagte er und begrüßte nun auch Gino und Camillo. »Tschau, tschau, Bambini. Ich brauch es heute abend.«

»Ausgerechnet«, sagte meine Mutter. »Hast du schon mal 'ner nackten Frau in die Tasche gefaßt?«

»Och.« Herr Karwendel kratzte sich den Bauch, schnalzte mit der Zunge. »Das geht...« Seine Frau schmunzelte.

»Ich *krieg* das!« knurrte Traska und blickte sich auf dem Tisch um.

»Klar.« Camillo rückte zur Seite. »Aber jetzt mußt du erst mal essen. Setz dich her.«

»Nein!« rief meine Mutter. »Der kommt mir nicht aufs Sofa mit seinen dreckigen Klamotten. – Entweder du wäschst dich und ziehst dich um, oder du ißt in der Küche!«

»Und mir gibst du keine Hand?« fragte Herr Streep. Doch Traska starrte meine Mutter an und bewegte die Lippen, als stieße er eine Verwünschung aus. Dann nahm er sich ein paar frittierte Zucchinischeiben vom Tisch und ging aus dem Zimmer.

»Geld, Geld«, murmelte sie. »Woher nehmen und nicht stehlen.« Sie steckte sich eine neue Zigarette an, hielt auch mir das Zündholz hin, doch ich schüttelte den Kopf und legte die Juno, mit der ich gespielt hatte, wieder weg.

»Dabei hast du doch grad einen Tanzpreis gekriegt«, sagte Herr Karwendel. »Gabs da keine Moppen?«

Sie lachte. »Nur so einen Pleitegeier. Als hätten wir davon nicht genug.«

Frau Karwendel hielt ihr noch einmal das Glas hin. »Ja mei, sag amol, Liesel: *Twist* – wo hast'n du des glernt?«

»Ach, das ist leicht, das muß man nicht lernen. Kannst du auch.«

»I? Na! Nimmer.«

»Doch, Marie. Schau her!« Zigarette im Mundwinkel, schob meine Mutter ihren Sessel zurück und stand auf. »Du stellst einen Fuß vor und tust, als würdest du mit der Schuhspitze eine Kippe ausdrücken, so. Und die Arme und Hände bewegst du, als würdest du dir mit einem Handtuch den Rücken abfrottieren, so. Das ist alles. Dabei gehst du runter, runter, und wieder hoch. Und dann den anderen Fuß vor, Kippe ausdrücken, Kreuz frottieren, runter, hoch, und immer schneller.«

Gino klatschte in die Hände. »Dov'è la banda? Mùsica!«

»Ja«, sagte sie. »Schön wärs.« Sie öffnete die Truhe neben dem Radio und nahm ein paar Scheiben aus dem Ständer. »Wir haben nicht eine einzige Twistplatte hier. La Luna, Heißer Sand, Marmor Stein und Eisen bricht, alles zu langsam.«

»Und das macht man die ganze Zeit *allein*?« fragte Herr Karwendel. »Ohne sich anzufassen und so?«

»Das ist das Neue!« sagte sie, schon wieder tanzend, und ich verschränkte die Finger im Schoß, rieb die Innenseiten meiner Schuhe gegeneinander. »Du bist ja frei und kannst dich drehen, wohin du willst. Na los, die Herren!«

Sie zog Gino hoch, und auch Camillo und Herr Streep standen auf und versuchten einen lautlosen Twist. Den Blick auf meine Mutter gerichtet, ging das erst langsam, verlegen, lachhaft steif. Doch dann wurde man immer ausgelassener, und mein Bruder, eine Stück Sauerbraten in der Hand, sprang auf das Sofa und rief: »Ich mach die Musik.«

»Ja!« rief Gino und schnippte mit den Fingern. »Cantare! Volare!«

»Jessas!« keuchte Frau Karwendel und verschob den Sessel. »I kimm net aufi!«

Camillo zog sie hoch, und Traska krähte: »Twist again, o Baby, Baby twist again...«

Auch er tanzte. Bratensaft lief über seinen Unterarm.

Doch er ignorierte die Serviette, die ich ihm hinhielt, und meine Mutter stieß Gino an und sagte: »Schneller, schneller, tiefer in die Knie! Die Schlipse müssen wirbeln!« Camillos Ärmel rutschte aus dem Hosenbund.

»Mist again!« Traska biß ein Stück von dem faserigen Fleisch ab. Die Sauce tropfte auf die Kissen, die gehäkelten Bezüge, und auch Herr Karwendel erhob sich.

»Mann, das geht ins Becken!« sagte er. »Gut für die Durchblutung.«

Er tanzte von hinten an meine Mutter heran, die ihrerseits an Ginos Armen zog, damit er sie heftiger bewegte, und mein Bruder hüpfte auf dem Sofa herum, daß die Polsterung knackte.

»He, Baby let's twist again, let's der Alten an die Kiste gehn! Ou, ou, ou twist again, immer feste an die Büste gehn!«

Meine Mutter stutzte, fuhr herum. Die anderen tanzten weiter.

»Hab ich dir nicht gerade gesagt, daß du von der Couch bleiben sollst mit deinen Klamotten?«

Traska hopste nur noch höher. »Jetzt bin ich aber drauf. Hab drei Tore geschossen. Los: Twist again ...«

Doch sie packte ihn beim Hemd. »Und jetzt – bist du runter!«

Er hätte nicht stürzen müssen. Er schrie und ließ sich auf den Teppich fallen, und sie machte einen Schritt auf ihn zu und holte drohend aus. Zurückweichend hob er die Arme vors Gesicht und hielt sie sich strampelnd vom Leib, die Frau.

»Na warte, das kriegst du zurück. Das machst du nicht

noch mal. Ich will alles wiederhaben, sofort! Mein ganzes Geld! Du hast mich beklaut, du Sau. Du beklaust deine eigenen Kinder.«

Die anderen hörten auf zu tanzen. »Seid doch friedlich«, murmelte Herr Streep.

Meine Mutter war plötzlich rot bis zu den Haarwurzeln. »Aufstehn!« rief sie. »Und erzähl hier nicht so'n Quatsch vor den Leuten! Ich habe mir das Geld von dir *geliehen*, das weißt du genau. Kriegst es ja wieder, verdammter Itzig.« Sie rieb die Fäuste gegeneinander, ihre Ringe klickerten. »Welches meinst du überhaupt.«

»Gar nicht geliehen!« schrie er. »Einfach genommen, ohne zu fragen. Mit dem Messer bist du in den Spardosenschlitz und hast alles rausgefummelt. Zweiundvierzig Mark und vierzig Pfennig.«

»Ach nee! Warst du dabei? Oder woher willst du das wissen? Und wieso gerade ich? Wieso war es nicht … ein Dieb. Oder dein Vater. Oder dein Bruder oder wer?«

Die Karwendels setzten sich, Gino und Camillo stellten ein paar Schüsseln und Teller zusammen, unterhielten sich wieder auf italienisch, und ich starrte meine Mutter an. Sie bemerkte es wohl, ließ Traska aber nicht aus den Augen.

Der, mit dem Rücken an der Wand, richtete sich langsam auf. Tränen liefen über sein schmutziges Gesicht, und er schluckte und stammelte: »Na weil doch, weil …« Er keuchte leise, brachte es nicht heraus.

Sie grinste bitter, hob den Kopf. »Also!« Dann streckte sie den Arm aus, wies zur Tür, und die Stimme klang wieder gefaßt und irgendwie knarrend, als sie sagte: »Und jetzt Abmarsch, ins Bad! Wir haben Gäste.«

Sie wendete sich weg, und er preßte den Mund zu einem Strich zusammen. Zitternd am ganzen Leib, schmiß er das Fleischstück, das er in der Faust gehalten hatte, auf den Teppich und trampelte darauf herum. »Weil auch ein Gulden dabei war!« schrie er, fast überkippend die Stimme. »Ein holländischer Gulden. Und den hab ich nachher in deinem leeren Portemonnaie gefunden, du, du ... Ich will es wiederhaben, hörst du, ich will alles zurück, du verpißte blöde Sau-Scheiß-Frau von Mutter. Jetzt sofort, oder...«

Sie fuhr herum, und instinktiv schaute ich auf seine Hose, auf den Urinfleck, der oft schon vor dem ersten Schlag dort erschien. Wie bei mir seinerzeit. Doch Traska war plötzlich still geworden, erstarrt, wie herausgenommen aus dem Augenblick, und ich dachte, mein Vater stände in der Tür. Obwohl der ihn selten schlug, eigentlich nie, fürchtete er ihn mehr als die Prügel meiner Mutter. Aber da war niemand, und sie sah uns an, legte eine Hand vor den Mund, drückte sich die spitzen Nägel ins Gesicht. Camillo runzelte die Brauen. Ich sprang auf.

Mein Bruder stand einfach da, mit hängenden Armen. Das Gesicht war gelblich blaß, der Mund leicht geöffnet, die etwas trüben Augen schienen nichts zu sehen, und es kam mir vor, als hielte er den Atem an. Seine Hand – ich suchte vergeblich nach einem Puls am Gelenk; ich dachte, so etwas tut man in der Situation –, die Hand war eiskalt.

Ich rief seinen Namen, stieß ihn an: Er reagierte nicht. Oder doch nur, indem er anfing zu nicken. Auch ein Lippenwinkel zuckte etwas, ein feiner Speichelfaden lief ihm auf das Hemd, und meine Mutter wimmerte leise, trat einen Schritt zurück und flüsterte durch die Finger vor ihrem Mund: »Thomas? Tommi? Was ist mit dir?«

»Hinlegen!« sagte Herr Karwendel, und seine Frau bekreuzigte sich.

Von Geburt an hatte mein Bruder eine leichte Lähmung des rechten Lids gehabt. Fletschauge war ein anderer seiner Spitznamen gewesen, jedenfalls bis zu der erfolgreichen Operation vor einigen Jahren. Jetzt, während sein Gesicht heftiger zuckte und mir gleichzeitig immer fremder wurde, als entfernte sich etwas daraus, senkte sich das Lid wieder tief über das Auge, und ich packte seine schmalen Schultern, schüttelte sie, brüllte ihn an.

Da schrak er zusammen. »Hm? Was ist? Ja…« Er hob die Hände wie zur Abwehr, holte zittrig Luft, blickte umher und schien doch nichts zu sehen. »Ich will es wiederhaben«, flüsterte er, und meine Mutter sank auf den Sessel.

»Was denn?« fragte mein Vater, plötzlich im Raum. Er sah uns mit seinen großen, vom Kohlenstaub geränderten Augen an, erschrocken und hilflos zugleich, und wischte sich die Finger an der alten Baumwollwindel ab. – »Was ist passiert?«

»Fahrlehrer«, sagte Pavel, als ich ihn abholte. »Das wär ein Beruf! Hockst den ganzen Tag im Auto und läßt dich von den Miezen hinter den Idiotenhügel fahren. Die machen doch alles, wenn du sie schnell und billig durch die Prüfung bringst. O Gott, stell dir das vor! Immer diese jungen Schenkel neben dir auf dem Kunstledersitz. Ich würde verrückt werden, Oller. Fahrlehrer wäre echt kein Beruf für mich.«

»Hast du jetzt den Führerschein oder nicht?« fragte ich, und er schüttelte den Kopf. »Noch eine Theoriestunde. Aber der Hobel steht schon zu Hause. Mal anschaun?«

Ich nickte, und er verschwand im Fuchsbau und kam mit zwei Flaschen Bier heraus. »Schwarz«, sagte er. »Eine schwarze Zündapp, noch unfrisiert. Madame wollte mir erst eine rote kaufen, das wäre freundlicher. Da mußte ich mal einen Reißzahn zeigen.«

»Ist so ein Moped eigentlich teuer?«

»Neu? Oha. Vom Lehrgeld nicht zu bezahlen. Und mein Alter hätte es mir auch nicht gekauft. Wenn die Mutter meiner Mutter nicht ein kleines Töpfchen Butter...«

Wir gingen durch die Schrebergärten, und er atmete tief.

»Mann, riech mal! Oder besser nicht, gib mir lieber 'ne Fluppe.« Er riß ein paar Fliederdolden aus dem Busch, hielt sie sich unter die Nase. »Der ganze Frühling ist ein gottverdammter Geschlechtstrieb. – Wie stehts übrigens mit der Frau aus deiner Klasse, dieser Christel Hühnerbein, oder wie sie heißt. Liebt sie dich gerade wieder? Oder eher nicht?«

73

»Keine Ahnung. Eher nicht.«

Sie hatte sich während des Schreibmaschinen-Unterrichts neben mich gesetzt. Vor den Tischen standen keine Stühle, sondern drehbare Hocker, und um ihren Rock nicht zu zerknittern, hob Christiane Schneehuhn ihn so weit an, daß sie auf dem Höschen sitzen konnte. Dabei blickte sie über die Schulter, und rasch sah ich weg. Blindschreiben stand auf dem Stundenplan, und kaum war der Raum verdunkelt – automatische Jalousien –, fühlte ich ihre Finger im Gesicht, ihre Lippen auf den Lidern, der Wange, dem Mund. Und plötzlich ihre Zunge, warm und stark und irgendwie pockig. Ich schreckte zurück.

Dann wurde diktiert; der Lehrer ging zwischen den Tischreihen herum. Nun fand ich in der Schwärze die Grundstellung nicht mehr, wollte den anderen aber auch nicht hörbar hinterherklappern. Also drückte ich, dem allgemeinen Rhythmus gemäß, irgendwelche Tasten und bekam es sogar hin, daß das Klingeln am Ende meiner Zeilen gleichzeitig mit dem der anderen erklang. Und als die Jalousien wieder hochgefahren wurden und jeder seine Fehler korrigieren sollte, nahm ich den Stift erst gar nicht in die Hand.

Das fiel dem Lehrer auf. Er war eigentlich längst pensioniert, ein weißhaariger Mann, der immer Anzüge mit Weste trug und fast jedem der rauchenden Schüler schon einmal gesagt hatte: »Du stinkst wie ein Askari.« Dabei wußte er selbst nicht, was ein Askari war, beantwortete jedenfalls nie entsprechende Fragen. Er zog meine Seite aus der Maschine.

»Interessant«, sagte er und blickte müde aus dem Fenster. Sonne hinter den Linden, auf dem silbergrauen Schlips ein Hauch von Grün. »Was soll das sein? Ein Liebesbrief an eine Außerirdische?«

Ich zuckte mit den Schultern, und er zerriß das Blatt, machte sich eine Notiz, eine von vielen. »Denn eine Irdische wirst du mit deinen Qualitäten kaum bezaubern können.«

Christiane lachte, hielt sich aber sofort die Hand vor den Mund. Und als ich mich in der Pause zu ihr und Barbara Quasny in die Raucherecke stellte, sahen die Mädchen sich stirnrunzelnd an und bewegten die Lippen, als sprächen sie ohne Ton. Dann schnippten sie die Glut von den Stummeln und gingen eingehakt vom Hof.

»Du hättest dem Sack mal antworten sollen,« sagte Pavel. »Ich wüßte schon, was ich so einer Pfeife sagen würde.«

»Ja, du ... Aber mir fallen die guten Sätze immer erst hinterher ein.«

Er schlug mir auf die Schulter. »Na, forget it. Nicht die richtige Antwort parat zu haben – ich glaube, das ist überhaupt die beste Antwort, oder? Übrigens ist die Tussi wieder aufgekreuzt, diese Doris. Stand vor dem Preßwerk und wollte ein Bier mit mir trinken.«

»Und?«

»Bin einfach durch sie durchgegangen. Die war doch nicht gut, hat nicht geblasen. Und jetzt sollen wir mal aufpassen, du und ich. Wir haben sie nämlich vergewaltigt. Ganz brutal, ohne Vorspiel. Und darum wird es ein Nachspiel geben.«

75

Ich blieb stehen. »Um Gottes willen! Was sagst du!«
Doch Pavel ging weiter, warf die Fliederdolden in die
Luft. »Tja, ich wußte immer, daß man dich nicht unter-
schätzen darf, Oller. Du hast es faustdick unter der
Vorhaut. Noch nie im Leben gepimpert, und schon ein
Vergewaltiger.«

Die Garage war abgeschlossen, und er trat gegen das
Blechtor, daß es krachte. Dann sprang er die kleine
Treppe zur Haustür hoch und klingelte Sturm.
»Wo ist er!« Doch wartete er die Antwort seiner er-
schrockenen Mutter nicht ab. Er riß den verbeulten
Wandkasten auf. Der war innen mit Samt beklebt, und
wo die abgehängten Schlüssel etwas nachpendelten,
glänzten drei messingfarbene Monde. Jetzt hingen nur
ein paar Gummiringe an den Haken, und er lief durchs
Wohnzimmer auf die Terrasse und rief in den Garten:
»Hast *du* den Schlüssel?«
Sein Vater grub ein Beet um. Er trug einen blauen
Arbeitsanzug, hatte den erloschenen Stummel einer
Selbstgedrehten im Mund und tat, als hätte er nichts
gehört. Er winkte mir zu. »Hallo Simon. Lange nicht
gesehen. Wie gehts deinem Bruder?«
Seine Stimme schwamm ein bißchen im Schnaps. Etwas größer als sein Sohn, war er doch genauso schlank,
hatte dieselben schmalen Augen, blau, und Pavels immer wieder verblüffende Kraft, er konnte im Hand-
stand die Treppe zum ersten Stock hinaufgehen, ahnte
man auch bei ihm.

»Wie du siehst, bin ich hier bei der Gartenarbeit, Simon. Eine Kleinigkeit nach zehn Stunden Akkord. Dieses Beet wollte mein Sohn vorige Woche umgraben, doch er hatte leider einen Termin. Tja ... Auch die eingeschalte Kompostgrube dort müßte längst betoniert sein. Doch unser Junge, der sich freundlicherweise dazu bereit erklärt hatte, war dann wohl anderweitig beschäftigt. Vermutlich kam ihm eine Tanzveranstaltung dazwischen. Kann ich verstehen. Ich würde mich auch gern mal wieder amüsieren. Aber ich muß Überstunden machen, weißt du. Damit wir das Haus abbezahlen können. Und dann ist da noch dieses Beet...«

»Gib mal den Garagenschlüssel!«

Er stutzte, schwankte etwas. »Schau an, mein Sohn! Guten Tag. Du möchtest bittesehr *was*?« Er zeigte auf die Tür zum Apfelgarten. »Einmal abgesehen davon, daß du deinen Ton mäßigen könntest: Die Garage ist offen. Alles offen.«

»Red keinen Stuß. Du weißt, was ich meine. Ich will Simon den Hobel zeigen, und zwar vorne, in der Einfahrt – nicht hier, im Gemüse!«

Herr Schönrock schüttelte den Kopf, stocherte langsam zwischen den Erdbrocken herum. Er liebte es, bedächtig zu erscheinen.

»Paß mal auf, junger Mann, so einfach ist das nun nicht. Jeder kann machen, was er will, klar. Aber Menschen leben zusammen. Und wenn Menschen zusammenleben, sei es jetzt als Familie oder nur in Freundschaft, oder meinetwegen auch im Verein – Simon, du wirst es kennen von deinem Tischtennis-Club – müssen sie bestimmte ... ich will nicht sagen Gesetze, aber Regeln schon, Spielregeln müssen sie einhalten. Oder? Ein kleines Beispiel nur, eine Art Fabel. Weißt du, als ich in eurem Alter war...«

Doch Pavel drehte sich auf den Absätzen um, holte aus und schmiß die Bierflasche gegen die Wand. Der Schaum spritzte in die Blumen. »Verdammt, halts Maul!«

Herr Schönrock spielte den Gelassenen. »Ach ja? Sonst *was*?« fragte er. »Sprich dich aus. Sonst knallst du mir eine? Schlägst deinen eigenen Vater?« Er hob das Kinn, breitete die Arme aus. »Na gut, komm her! Nur keine Scheu, du bist doch stark. Hier, nimm den Spaten, spalte mir den Schädel, hau mich kurz und klein! Denn das mußt du tun, wenn du den Schlüssel willst.«

Ich legte Pavel eine Hand auf die Schulter, zog sie aber sofort wieder weg. In seinem Haß wie elektrisiert, kam er mir um Jahre älter vor und schien niemanden mehr zu kennen, auch mich nicht. Ich murmelte »Komm, Alter, ruhig!«, und er schloß kurz die Augen und atmete durch. Blaß jetzt, fast bleich, biß er die Zähne zusammen, ging in die Hocke und fing an, die Scherben von den Steinplatten zu sammeln.

»So geht das auch nicht«, flüsterte seine Mutter hinter mir. »Er ist gestern nacht schon damit los. Überall herumgefahren, ohne Führerschein, ohne Nummernschild oder Versicherung, stell dir vor. Und noch keine sechzehn. Was denkt der sich denn. Das hätte uns wer weiß was gekostet, wenn plötzlich...«

Pavel, am anderen Ende der Terrasse, stand auf, und ich

begriff es nicht recht, das jähe Verstummen seiner Mutter. Sie krallte sich an meiner Windjacke fest, und ihr Mann kippte den Spaten weg, stolperte über das Beet, zerriß die Schnur. Beide schienen Pavel etwas anzusehen, das mir fremd war, und er hob den Kopf, lächelte vage. Glänzend die Augen, als hätte er Fieber oder würde gleich weinen, und ehe jemand bei ihm sein konnte, schloß er die Hände um die Scherben. Ein leises, kaum hörbares Knirschen. Kein Blut. Er starrte in den Himmel über dem Baumlaub, stampfte einmal mit dem Absatz auf und preßte die Fäuste noch fester zusammen. Glas glitt zwischen den Fingern hervor.

Die Lohntüte lag noch auf dem Tisch. Meine Mutter hatte die Arme um die Taille meines Vaters geschlungen, den Kopf an seine Schulter gelegt. Sonnenschein. Die verchromten Teile des Küchenherds funkelten, und in dem offenen Schubfach für Holz und Kohle lagen ein paar Rosenblätter und die durchsichtige Hülle einer Zigarettenpackung.

Auf dem Herd wurde schon lange nicht mehr gekocht. Er diente als Ablage und Arbeitsfläche, und in der Ecke, wo meine Mutter früher das Essen zum Warmhalten hingeschoben hatte, stand ein neues Aquarium. Es war rahmenlos und kaum größer als eine Schuhschachtel. Auf dem Boden lag weißer Kies, in dem eine einzelne Wasserpflanze steckte. Sie schien durchsichtig in der schräg einfallenden Sonne, wie grünes Licht, und man sah die Silhouette eines Fischs hinter den Blättern.

Meine Mutter klopfte mit einem ihrer spitzen Nägel gegen die Scheibe, und das Tier schnellte heran. Grau, kaum daumengroß und flach wie eine Münze, glotzte es aus schwarzroten Augen durch das Glas. Die schleierartige Schwanzflosse hatte Risse und Löcher.

»Was ist denn so besonders an dem?«

Doch die beiden antworteten nicht. Mein Vater lächelte nur und bedeutete mir mit einer Kopfbewegung, noch näher an den Herd zu treten. Er lächelte sonst nie, es mußte etwas Außergewöhnliches passiert sein, und ich umfaßte die Handtuchstange und beugte mich vor. Da sah ich es auch.

Winzig waren sie, wie Bleistiftspitzen, und fast transparent, wenn sie durch die Sonne schwammen. Dann konnte man nur die erstaunlich großen Augen erkennen, schwarzrote Punkte, hundertfach. Und glitten sie in den Schatten, schienen sie eine Sekunde lang das Licht mitzunehmen, Funken unter Wasser.

»Das hättest du erleben sollen, Simi. Wie die raus sind aus der Mutter! Wie ausgestoßen von ihrem Puls, immer wieder, immer mehr. Mein Gott, hab ich gedacht, wo hat sie die alle *gehabt*? In diesem kleinen Bauch? Das müssen doch...« Sie zögerte, blickte zu meinem Vater auf. »Wieviel mögen das sein?«

Er nickte. »Die Temperatur ist wichtig. Das Wasser darf nicht zu kalt werden. Gibts eigentlich noch das Badethermometer, das wir für die Kinder gekauft haben damals, dieses blaue, schwimmende?« Meine Mutter schien zu überlegen, steckte die Lohntüte in ihre Schürze.

»Wieso sind die nicht bei den anderen?« fragte ich.
»Im großen Aquarium? Dann wären sie schon tot.« Sie folgte meinem Vater in den Flur. »Das Männchen frißt die Jungen. Wir legen uns eine Stunde hin, hörst du. Traska soll die Schuhe ausziehen, wenn er vom Fußball kommt. Wehe, der läuft hier wieder mit Stollen rum!«

Nachmittagsruhe in der Siedlung, kein Mensch auf der Straße, kein Hund, und ich stellte Radio Luxemburg an und zog meine Schulhefte aus der Tasche. Irgendwo bimmelte der Eiswagen, und kurz darauf blitzten die verchromten Abdeckhauben zwischen den Ziegelhäusern auf. Ich suchte in allen Taschen nach Kleingeld, fand aber keins. Meine Mutter hatte ihre Zigaretten mit ins Schlafzimmer genommen, und ich starrte auf die Tabellen der Buchführung und spielte leise Mundharmonika. Dann klappte ich die Hefte zu, aß eine Banane und kramte einen Löffel aus dem Schrank, tauchte ihn ins Aquarium. Es war der große Salatlöffel aus Plexiglas, aber es gelang mir nicht, einen einzigen der jungen Fische zu fangen, die Biester waren zu flink. Statt dessen kappte ich ein paar Blätter der Wasserpflanze. Sie trieben auf der Oberfläche, und der Mutterfisch traktierte sie wie Eindringlinge. Schließlich ging ich zum Garderobenspiegel, machte ein Karpfenmaul und hielt mir das Rund aus Plexiglas vors rechte Auge: Riesig.
Ich hatte meinen Vater nicht gehört. Er war barfuß und trug nur eine Schlafanzughose. Hinter ihm, in der halboffenen Schlafzimmertür, stand meine Mutter und zog sich den Morgenrock vor der Brust zusammen.

»Wer war an meinem Nachttisch?«

Ich legte den Salatlöffel auf den Schuhschrank, neben die Kleiderbürste, nahm ihn aber wieder weg. »Ich nicht.«

»Und wer hat die Bilder?«

»Welche Bilder?«

Er verengte die Augen, sah mich nur an.

»Sie sind verbrannt.«

»Verbrannt? Wieso? Wer hat sie verbrannt?«

»Ich nicht.«

»Traska also. Und warum?«

Ich zuckte mit den Schultern. »Er sagte, es wäre Sünde.«

Mein Vater stieß etwas Luft durch die Nase. »Und du? Warum paßt du nicht auf deinen Bruder auf?«

»Er war schneller.«

Ich spürte, daß meine Vater mich am liebsten verprügelt hätte, und wich, als er die großen Hände hob, unwillkürlich einen Schritt zurück. Doch er harkte nur durch seine Haare und drehte sich nach meiner Mutter um. »Verbrannt...«

Mit dem Knie hielt sie die Tür auf und steckte sich eine Juno an. »Quatsch! Das glaubst du doch selbst nicht. Durchtriebene Bagage. Die machen die zu *Geld*, jede Wette. – Oh Mann, womit haben wir das verdient. Nicht mal eine Schublade hat man mehr für sich.« Sie drohte mir mit dem Feuerzeug. »Aber wir werdens ja erleben! Irgendwann tauchen die Bilder wieder auf. Solche Sachen tauchen immer wieder auf. Und wehe, es heißt dann, der Schweinkram kommt von uns!«

Mein Vater wendete sich ab, schüttelte den Kopf. Seine

Wangenknochen zuckten. Ich nickte meiner Mutter zu, hielt mir zwei Finger an den Mund, und verärgert kramte sie in ihrer Tasche, warf die Packung aufs Sofa. Schlug die Tür ins Schloß.

Er starrte zu Boden, kratzte sich die behaarte Brust. Seine Arme und Schultern waren voll kleiner oder größerer, vom Kohlenstaub blauschwarz gefärbter Schrammen und Narben, und er schloß kurz die Augen und schluckte. »Mein Gott. Dabei gehörten die Fotos gar nicht mir. Die waren geliehen, von einem Kumpel.« Er sah mich an. »Was sag ich dem jetzt...«

»Es hat das Silber seine Gänge und das Gold seinen Ort, wo man es läutert. Eisen bringt man aus der Erde, und aus dem Gestein schmilzt man Kupfer. Man macht der Finsternis ein Ende, und bis ins Letzte erforscht man das Gestein, das im Dunkeln tief verborgen liegt. Man bricht einen Schacht fern von da, wo man wohnt; vergessen, ohne Halt für den Fuß, hängen und schweben sie, fern von den Menschen. Man zerwühlt wie Feuer unten die Erde, auf der doch oben das Brot wächst.«

Ich strich mir die Stelle mit einem abgebrannten Streichholz an und legte die Bibel, in der ein paar Bonbonpapiere als Lesezeichen steckten, wieder in den Küchenschrank. Am Morgen, ich wollte gerade zur Schule, hatte ein schwarzer Volkswagen vor unserer Tür gehalten, und der Fahrer, der eine Werkschutzuniform trug, winkte mich durch das Seitenfenster heran und fragte nach meinem Namen. Ich nickte.

Während der Frühschicht, gleich zu Beginn, war der Schacht eingestürzt. Eine Gasexplosion. Zwei Bergleute tot, zwei vermißt, einer noch in Lebensgefahr. Meinem Vater hatten die Verstrebungen aus Stahl, die Stempel, beide Beine gebrochen.

»Ich geh nicht ins Krankenhaus«, sagte Traska und rollte seine Stutzen runter, schmiß die Pappstreifen ins Eck. »Ich besuch den nicht.«

»Und ob du das tust«, sagte meine Mutter. Sie zog sich die Lippen vor dem Frisierspiegel nach. »Du willst doch neue Fußballschuhe.«

Auf dem Förderturm gingen wie jeden Abend die Lichter an, und der Dampf der Kühlanlagen quoll weiß in den violetten Himmel. Der Fahrer eines Fernlasters drückte auf die Hupe, eine ganze Orgel auf dem Dach, und Pavel neigte sich tiefer über den Lenker. Auch ich beugte mich vor, und als er auf die Überholspur bog, war plötzlich ein Mercedes hinter uns und ließ ein Gewitter aus Lichtblitzen los.

Pavel schrie mir etwas zu, doch ich verstand ihn nicht. Die frisierte Maschine klang, als würde gleich irgend etwas durchdrehen, und er wies mit einem Nicken auf das Tachometer. Die Nadel federte gegen den Anschlag, hundertzwanzig, und wenn ich den Mund öffnete und den Kopf hin und her wendete, ließ der Fahrtwind meine Backen flappen. Auf den Brücken standen Kinder und winkten.

Er bog in die Ausfahrt, auf eine Landstraße, und fuhr

langsam an Baggerlöchern, Treibhäusern und Vieh-
weiden vorbei. Aus einer langen Reihe quadratischer
Zuchtteiche sprangen immer wieder Fische hoch, ins
letzte Licht, Grillfeuer rauchten in den Gärten, und vor
einem Fachwerkhaus, an einer Linde, hing ein toter, am
Schwanz an den Stamm genagelter Fuchs. Wir hielten
auf dem Parkplatz der Gaststätte und stiegen ab. Pavel
drehte den Schlüssel um, küßte die Lampe.
»Bei Ernst und Änne«. Das Lokal war fast leer. Vor dem
Spielautomaten neben der Tür schwankte ein Betrun-
kener, fand den Schlitz für sein Geldstück nicht, und am
Tresen saß ein Mann in weißer Montur, unterhielt sich
leise mit dem Wirt. Wir setzten uns an einen Tisch in der
Ecke, unter einen riesigen Wagenrad-Leuchter, an dem
nur eine Glühbirne brannte.
»Ist das nicht das größte?« fragte Pavel und steckte sich
eine Zigarette an. Seine Wangen waren rot vom Fahrtwind. »Ist das nicht das geilste der Gefühle? Du gibst
Gas und bist in Minuten am Arsch der Welt. Oder
sonstwo. Das ist Freiheit, Oller. Dafür laß ich jede Frau
stehen. Du auch?«
»Ich weiß nicht«, sagte ich und winkte dem Wirt. »Bin
wohl nicht ganz normal. Ob Moped, Auto oder Bus,
mir wird immer schlecht. Zum Kotzen.«
Er grinste. »Unser Sensibelchen. Da hilft nur eins: Sel-
ber fahren. Du setzt dich gleich mal nach vorn.«
»Spinnst du? Hab doch gar keinen Führerschein.«
»Den machst du bei mir«, sagte er und winkte ebenfalls.
Der Wirt sah zwar herüber, bewegte sich aber nicht. Er

knobelte mit dem Anstreicher, und auch der drehte sich kurz einmal um, bevor er seinen Klaren kippte. »Vielleicht haben die hier eine besondere Sprache«, flüsterte Pavel. »Wir sind ja mindestens in Kirchhellen. Frag mal, was Bier heißt, und bestell uns zwei.«

Ich stand auf, wobei ich versehentlich gegen einen Hundenapf aus blauem Plastik trat. Er war leer, schlitterte durch den Raum, prallte gegen den Schirmständer, und der Mann am Automaten schüttelte den Kopf. Auch der Wirt zog die Brauen zusammen, legte seine Zigarre weg und griff nach der Ledertasse.

»Tut mir leid«, sagte er und knallte die so fest auf den Tresen, daß sie einknickte. Dann zählte er die Würfelaugen und zog einen Stift hinterm Ohr hervor. »Aber Leute mit so langen Haaren möchte ich in meinem Lokal nicht bedienen.«

Er konnte mich kaum meinen. Ich war erst am Vortag beim Friseur gewesen, Rundschnitt, viel zu kurz. Und Pavels Locken, vom Wind zerzaust, hingen allenfalls zwei Finger breit über dem Hemdkragen. Doch ich stellte den Napf wieder an seinen Platz und ging an den Tisch zurück. »Komm« sagte ich. »Hier kriegen wir nichts. Weil wir irgendwie aussehen.«

»Moment mal.« Er stand auf, und ich griff in den Ascher, drückte seine Kippe aus und zischte: »Mach kein Theater. Es gibt noch andere Kneipen.«

Als wir am Tresen vorbeigingen, zog der Anstreicher den Rotz hoch, und Pavel blieb stehen und fragte: »Schluck Senf dazu?«

»Mach dich vom Feld«, murmelte der Wirt, und der Betrunkene am Geldspielautomaten drehte sich um. Er trug einen Marinepullover und grüne Hosen mit aufgesetzten Beintaschen.

»Will hier einer Stunk anfangen, oder was?«

»Keiner«, sagte ich und zog Pavel weiter. Doch der Mann verstellte uns die Tür. Er war größer als wir, größer als mein Vater, hatte Pomade im grauen Haar, Tränensäcke unter den Augen, und der Bauch hing schwer über dem Gürtel, einem nachgemachten Patronengurt.

»Wer, zum Teufel, will hier Zoff machen? Hä?« Er zeigte auf Pavels verbundene Hände. »Bist du Boxer?«

Und ehe einer antworten konnte: »Ich aber. Guck mal!« Er machte einen Schritt auf uns zu, hielt mir eine behaarte Faust unter die Nase. »Riecht nach Friedhof, oder? Erste Liga. Damit mach ich aus glühenden Kohlen Asche. Glaubt ihr das?«

Wir nickten.

»Will ich euch auch geraten haben. Damit spalte ich einen Hohlblockstein. Damit drücke ich einen Zwölfzoller durchs Gerüstbrett und verpasse einem ausgewachsenen Ochsen eine Narkose. Glaubt ihr das?«

Wir nickten.

Er runzelte die Stirn, spuckte auf den Boden. »Ihr glaubt auch alles, ihr Arschlöcher.« Dann schnippte er mit den Fingern und rief: »Mal zwei Bier und zwei Korn für meine Boxerfreunde hier. Aber heute noch!«

Wir setzten uns auf die Barhocker, und er schob uns seine Eckstein hin.

»Wo seid ihr her? Aus der Stadt?«

»Aus welcher?« fragte ich.

»Ist doch scheißegal, oder?«

Dann kamen die Schnäpse, und wir stießen an. Wieder zeigte er auf Pavels Hände. »Kannst du damit flippern?«

Ich nippte nur von dem Zeug. »Laß ihn gewinnen«, flüsterte ich, als sie an mir vorbei in den Nebenraum gingen. Doch der Betrunkene drehte sich um, und eine Schrecksekunde lang dachte ich, er hätte etwas gehört. Er starrte mich an und zeigte auf den Geldspielautomaten, das Fach voller Münzen: »Und du spielst für mich. Einfach laufen lassen. Äpfel, Zitronen, Joker – okay. Nur wenn Kirschen kommen, weiterdrücken. Kirschen haben mir immer Pech gebracht.«

Nach Hause fuhr Pavel über Landstraßen, und ich beugte mich vor, legte die Wange an seinen Rücken. Ich fand Schnaps fast so ekelhaft wie Erbsensuppe, und das Vorbeihuschen der Chausseebäume machte mich schwindlig. Doch wenn ich die Augen schloß, wurde die schnurgerade Straße zur Achterbahn, und etwas in mir begann gefährlich zu schwappen.

»Pennst du?« rief Pavel. »Nicht, daß du mir vom Sozius kippst.«

»Keine Angst«, antwortete ich. »Mir ist viel zu schlecht zum Schlafen.«

Da nahm er das Gas weg, hielt vor einer Kuhwiese an. Es stank nach Jauche, und die Tiere waren nur zu ahnen im Dunkeln, weißliche Flecken unter einem großen

Baum. Er stieg ab, hielt den Lenker fest und sagte: »Also dann: Rutsch nach vorn.«

»Spinnst du? Ich will nicht fahren. Außerdem bin ich knülle.«

»Von dem Schluck Bier? Lächerlich. Komm, Oller, einmal mußt du es ja doch lernen.«

Er zeigte mir, wo die Gänge lagen, und ließ mich ein bißchen Gas geben, damit ich ein Gefühl dafür bekam. Dann zog er die Kupplung, löste sie, und ich machte es ihm nach.

»Langsamer«, sagte er. »Sonst legst du einen Kickstart hin.« Ich wiederholte die Handbewegung, und er war zufrieden. »Dann also: Erster Gang!« Ich zog die Kupplung, trat das Pedal. – »Gas.« Ich drehte es langsam auf. – »Und wieder Kupplung.« Ich ließ sie vorsichtig los.

»Na bitte!« Die Hände noch an der Sitzbank, lief Pavel hinter dem anrollenden Moped her: »Geht doch prima! Nicht so wackeln, überlaß dich der Kraft. Und jetzt dasselbe: Kupplung, zweiter Gang, Gas, Kupplung…«

Er gab mich frei und rief noch etwas, das ich nicht verstand. Laut heulte die Maschine auf, und plötzlich wischte der Scheinwerferkegel durch die Baumkronen. Einen Moment lang glaubte ich, zwei Eulenaugen zu sehen, das Funkeln darin, Glas klirrte, und dann lag ich auch schon im Gestrüpp, und das Moped schrammte mit rauchendem Motor ein Stück weit über den Rollsplitt, ehe Pavel bei ihm war.

»Verdammt nochmal, bist du wirklich so blöd? Vor dem Kuppeln mußt du natürlich Gas wegnehmen!«

Ich rieb mir den Arm, obwohl er nicht weh tat. »Aber das hast du mir nicht *gesagt*...«

Er schob die Zündapp unter eine Laterne. Der verchromte Tank hatte eine Beule. Das Lampenglas war zerbrochen, ein Schutzblech verbogen, der Lack hier und da zerkratzt. In den Speichen hing Gras. »Naja, geht noch. Alles zu beheben.«

Wir richteten das Blech, und er prüfte die Bremse und trat auf das Startpedal, immer wieder. Endlich sprang die Maschine an, der Auspuff spuckte ein paar Funken. Pavel setzte sich und gab mir einen Klaps. »Los, du Pfeife. Ich hab Frühschicht.«

Ich wußte nicht, was ich sagen sollte, und starrte auf die Straße, in das Lichtrund auf dem Rollsplitt, als läge dort eine Entschuldigung. Doch da war nur ein Nachtfalter und klappte langsam die grau und braun gemusterten Flügel zu. Er saß, auch Pavel sah es jetzt, auf einem hellen Stück Metall, Aluminium wohl. Die Gangschaltung. Der Stumpf an der Maschine war nicht mehr zu bewegen, und er fluchte leise, stieg wieder ab und steckte sich das Teil in die Tasche.

Es fing an zu regnen. Einen Steinwurf weit entfernt begann ein Dorf, ein paar Häuser am Rand einer Kiesgrube, völlig dunkel, und wir setzten uns in die Bushaltestelle an der Straßenkreuzung und teilten uns eine Zigarette. Das Dach war undicht an meiner Seite, am Rand der hervorragenden Teerpappe entstand eine Reihe perlweißer Tropfen, und ich rückte näher zu Pavel, den das feine Geprassel über unseren Köpfen genauso müde machte wie mich. Fast wären wir eingeschlafen in dem Kabäuschen. Doch der Wind bewegte den Baum daneben, ein Ast kratzte über die Bretter, und ich schreckte zusammen.

»Wird ein Kirschbaum sein«, murmelte ich.

»Wieso?«

»Kirschen haben mir immer Pech gebracht.«

Der Regen hörte nicht auf, auch nach einer Stunde nicht. Pavel trat den Mopedständer weg, zog die Kupplung, und gemeinsam, er am Lenker, ich am Gepäckträger, schoben wir die Maschine durch die Nacht. Irgendwo über uns hörte ich das Rauschen großer Flügel.

In unserer Küche brannte noch Licht, die kleine Lampe an der Spüle, und als ich die Wohnung aufschloß, stand meine Mutter in der Badezimmertür. Die Hände in den Taschen ihres Morgenmantels, riß sie die müden Augen auf.

»Wo kommst du denn her? Warst du nicht in deinem Zimmer?« Sie blickte auf ihre Uhr. »Es ist fünf!«

»Ich weiß«, sagte ich und nahm die Milch aus dem Kühlschrank, trank einen Schluck aus der Tüte. Dann stopfte ich mir Plockwurstscheiben in den Mund, einen kleinen Stapel, und knurrte: »Hast du die Fische gefüttert?«

»Natürlich. Du sprichst wie der Alte. Los, geh ins Bett.«

Ich schaute in den Flur. »Und wieso ist die Pumpe nicht an?«

»Die was? Ach Gott, hab ich vergessen. Die surrte so. Kann man gar nicht schlafen.«

Bis auf das Nachtlicht im Aquarium und die Skala des Radios, aus dem aber kein Ton kam, war das Wohnzimmer dunkel. Auf dem Sofatisch eine Thermosflasche, ein Päckchen mit Broten und zwei Äpfel. Darunter ein Paar Schuhe, die Socken hineingestopft. In der Ecke glimmte eine Zigarette. Unter dem Gummibaum, der fast bis zur Decke reichte und dessen Blätter meine Mutter täglich polierte, saß Gino.

»Hallo!« sagte ich und stellte die Pumpe an. Perlend schoß der Sauerstoff zwischen die Pflanzen. Gino, das Gesicht halb im Schatten, antwortete nicht. Er drückte seine Zigarette aus.

»Hast du Frühschicht?«

Er räusperte sich, nickte. »Und du?« fragte er heiser.

»Schon Schule?«

»Von wegen!« Ich gähnte und kraulte im Vorübergehen die Nelken, die in einer Vase auf dem kalten Ofen standen. Im Bad benutzte meine Mutter irgendein Spray.

»Ich mach heut blau.«

Es gab nicht genug Stühle. Insgesamt lagen acht Männer in dem Zimmer, über den Handtüchern und Waschlappen, die in einer Reihe neben dem Spiegel hingen, standen die Namen. An der Wand, unter einem Kreuz, eine Reihe schiefer Schränke, an denen nachträglich Vorhängeschlösser angebracht waren. Auf dem Tisch ein zerkratztes Kartenspiel und eine Bildzeitung, unter der Kugellampe ein honigfarbener Klebestreifen. Wenn es still war, hörte man das Summen einer Fliege. Zwei Betten waren durch Stellwände abgeschirmt, dünner, halb durchscheinender Kunststoff. Dahinter wurde geflüstert, und manchmal sah ich den Henkel einer Tasse oder die Fingerknöchel einer Hand, die die Bespannung streifte.

Der Nachttisch meines Vaters war aus Blech. Abgestoßen der weiße Lack, die Rollen quietschten, aber man konnte den oberen Teil über das Bett schwenken. Ich stellte den Eisbecher darauf, zog den Pappdeckel ab, und er versuchte, das Löffelchen aus der Hülle zu ziehen. Seine Finger zitterten. Unter den Nägeln war noch Kohlenstaub, und auch die Haare, ordentlich gekämmt, sahen stumpf aus, schmutzig.

Meine Mutter stand am Fußende des Bettes. Sie trug das weinrote Kostüm und hatte den Kragen der weißen Bluse über das Revers gelegt. Ihre Perlen-Ohrringe kamen mir eine Spur heller vor als die Kette, und sie betrachtete die hochgelagerten Beine meines Vaters. Die Zehen, die aus dem Verband schauten, waren braun, ein Desinfektionsmittel, und aus dem Gips des linken, in Kniehöhe, ragten Silberdrähte. Unter dem Bett stand eine halbvolle Urinflasche.

Ich warf den Pappdeckel in den Eimer am Waschbecken. Meine Mutter blickte aus dem großen Fenster. Sie hatte sich im Flur die Lippen nachgeschminkt, betastete vorsichtig ihre Haare, die neue Dauerwelle, und der Kranke im Nachbarbett sagte: »Sie sehen aus wie die Queen.«

Sie lächelte. »Danke! Ich heiße auch Elisabeth.«

»Weiß ich doch«, sagte der Mann und winkte ab. »Ich krieg ja keinen Besuch mehr. Hab sie alle überlebt.« Dann kniff er ein Auge zu und wies mit dem Daumen auf die Stellwände. »Aber so'n schwerer Fall wie die dahinter bin ich noch nicht. Schätzen Sie mal mein Alter. Na los!«

Die Cellophanhülle ließ sich nicht aufreißen, nicht mit seinen stumpfen Fingernägeln, und mein Vater versuchte es mit den Zähnen. Dabei blickte er amüsiert zu dem Nachbarn hinüber.

»Donnerwetter!« sagte meine Mutter. »Das hätte ich nicht gedacht. Dafür sind Sie aber noch flott.«

»Klar«, sagte der Mann. »Und jetzt hoff ich doch, daß die OP nicht danebengeht. Hab grad erst 'ne Einbauküche gekauft. Und Teppichboden und Gardinen. Darf gar nicht dran denken. Das bleibt natürlich alles drin, wenn ich den Arsch zukneif.«

Meine Mutter nickte. »Ja, das letzte Hemd hat keine Taschen. Bei keinem von uns.«

Ich trat näher ans Bett, wollte meinem Vater helfen, doch er schüttelte den Kopf und fragte: »Wer kümmert sich um die Vögel?«

»Traska.«

»Schau ihm auf die Finger, hörst du. Und wenn du die Fische fütterst: Nie mehr als eine Verschlußkappe voll. Sonst wird das Wasser brackig.«

Ich nickte. »Wann kommt'n der Gips ab? Kannst du danach wieder normal gehen?«

Er antwortete nicht, knabberte an dem Cellophan

herum, spuckte ein Eckchen von der Hülle aus, und meine Mutter rückte ihre Armbanduhr zurecht. Zwei Frauen standen auf, man verabschiedete sich, und einer der Kranken sagte: »Keine Blumen! Die haben hier nicht genug Vasen.«

Ich zog einen Stuhl heran, doch sie schien sich nicht mehr setzen zu wollen. Sie nahm ein Formular aus der Tasche, und plötzlich stutzte sie und wies auf die Schachtel Gold-Dollar, die zwischen den Rätselheften des alten Mannes lag. »Sagen Sie bloß, hier drin kann man rauchen.«

»Spinnst wohl«, knurrte mein Vater. Er runzelte die Stirn vor Ärger und versuchte an den Löffel zu kommen, indem er die zusammengeklebten Seiten der Hülle zwischen Daumen und Zeigefinger rieb. Das Eis in dem Becher war weich, fast flüssig.

Ich trank einen Schluck Mineralwasser aus seiner Flasche. »Das Schlimmste ist dieses untätige Herumliegen«, sagte er. »Stunden wie Gummi. Das macht mich verrückt. Und daß man vor den Leuten auf den Topf muß, und alle kriegen deinen Gestank mit. Da kannst du noch so oft klingeln, die lassen dich stinken. Und dann putzen sie das nicht richtig ab, alles juckt...«

Meine Mutter sah sich um, ein rascher, verlegener Blick. »Ja, mein Gott, dann *sag* denen das, Walter! Woher sollen die wissen, daß du dich zu Hause nach jedem Stuhlgang wäschst.«

»Sag denen das, sag denen das. Du bist gut. So schnell wie die hier rein und raus huschen, kannst du gar nicht den Mund aufmachen. – Hast du jetzt mit der Allianz gesprochen?«

»Und ob.« Sie zeigte ihm das Formular. »Dreimal bin ich zur Telefonzelle gelaufen. Das ist der Schlüssel, haben sie mir gestern geschickt. Wenn du zum Beispiel vier Wochen im Krankenhaus bleibst, sind das ... Hier. Ganz schön, oder? Und ab sechs Wochen erhöht sich der Tagessatz sogar, und dann kriegen wir ... Da stehts. Ist das nicht unglaublich?«

Mein Vater sah mich nachdenklich an. Auch auf der Schramme an seiner linken Schläfe war dieses braune Desinfektionsmittel. Er schluckte. »Da fragt man sich doch, warum man so eine Versicherung nicht früher abgeschlossen hat, oder? Bei all den Unfällen in letzter Zeit wären wir jetzt reich.«

Meine Mutter hob die nachgezeichneten Brauen, hielt sich eine Hand vor den Mund. Aber dahinter lächelte sie. »Red keinen Blödsinn! Ein gesunder Mann ist mir tausendmal mehr wert als alles Geld.«

»Und wenn man beides haben kann?« sagte der Nachbar. Er leckte sich die Lippen. »So ein Beinbruch tut der Liebe keinen Schaden.«

Sie drohte ihm mit dem Finger. Dann legte sie das Papier auf den Blechtisch. »Hier mußt du unterschreiben.«

Mein Vater nickte, setzte sich etwas auf, ratschte mit dem immer noch verpackten Löffel über die Kante des Nachtschranks. Aber auch das war vergeblich, und er atmete tief, schob mir das Eis hin und ließ sich in die Kissen sinken. Er schloß kurz die Augen. »Ich will nicht mehr. Eß du's.«

Meine Mutter drückte auf ihren Kugelschreiber, legte ihn neben das Formular, zog ihre Kostümjacke straff. Doch er wendete den Kopf weg. Es wurde dämmrig in dem Zimmer. Auch in seinen Ohrmuscheln war noch Staub, und er kratzte sich langsam einen Handrücken und blickte aus dem Fenster. Eine Straßenbahn hielt so nah davor, daß man die Gesichter der Leute durch die Gardine sah.

In der Stadtmitte stiegen wir aus und gingen ins Café Thesing. Ich trank eine Afri-Cola und aß zwei Würstchen im Schlafrock. Meine Mutter bestellte sich ein Stück Käsetorte, schaffte aber nur die Hälfte. Doch ich mochte den Rest nicht von ihrem Teller löffeln. In der Ecke des Cafés hingen Spielautomaten, und ich bat sie um ein paar Münzen.

»Wenn wir jetzt so viel Geld haben«, sagte ich, während sie in ihrer Börse kramte, »könnte ich da nicht einen Plattenspieler kriegen?«

»*Noch* haben wir es nicht, mein Sohn. Und dann müssen erstmal andere Dinge bezahlt werden.« Ihre Tasse war leer, sie winkte der Kellnerin. »Willst du auch noch was?«

Ich schüttelte den Kopf, ging zu den Automaten, bespielte zwei gleichzeitig. Schon mit den ersten Groschen gewann ich eine Silberne Serie, und als die Münzen ratternd in das Handfach fielen, drehte ich mich um. Doch meine Mutter unterhielt sich mit einem Mann, einem Dickwanst im Anzug. Er hatte sich vom Nebentisch herübergebeugt, und wahrscheinlich trug er ein Toupet. Während er sprach, kam ihm Rauch aus dem Mund, und er strich sich den Schlips überm Bauch glatt und gab ihr unser Feuerzeug zurück.

Ich gewann noch einmal, nun sogar die Goldene Serie, und wechselte die Münzen an der Kuchentheke. Als ich an den Tisch zurückkam, war der Mann weg, und ich zeigte auf die zwei leeren Asbach-Gläser neben ihrer Tasse. »Tja, weiß auch nicht«, sagte sie lächelnd, das heißt, sie zog einen Mundwinkel in die Wange. »Die standen plötzlich hier.«

Sie hielt mir ihre Zigaretten hin. »Komm, noch eine. Dann muß ich Wäscheklammern zählen.«

Wir rauchten schweigend, blickten hinaus, auf den Bürgersteig gegenüber. Die Sonne stand tief, die Schatten der Menschen fielen schräg über die ganze Straße, und in dem Schmuckgeschäft unter den Akazien, auf einer samtbezogenen Drehscheibe, funkelten Ringe, Broschen und Colliers. Daneben wurde ein ganzes Schaufenster mit der neuen Beatles-Platte ausgelegt. Meine Mutter schniefte leise.

»Was ist?« fragte ich.

»Ach, nichts.« Sie schluckte, schüttelte den Kopf. »Hab Rauch in den Augen.« Mit Daumen und Zeigefinger rieb sie sich die Lider. Die andere Hand zitterte leicht, Asche fiel auf den Kuchenrest, und ich langte über den Tisch und zog ihr das Taschentuch mit dem gehäkelten Spitzenrand aus dem Ärmel. Sie lachte, schniefte wieder, leckte sich Tränen von der Lippe.

»Möchte mal wissen, was das soll...«, flüsterte sie.

»Als ob man nicht genug am Hals hätte. Immer ist was. Immer und immer. Erst wird mir der Junge krank, dann kommt dieser Itacker, und jetzt hauen sie mir den Mann kaputt in dem verdammten Pütt. Was soll ich denn noch alles ertragen!«

»Naja«, sagte ich. »Wenn wir schon dabei sind: Ich möchte die Schule schmeißen.«

Sie boxte mich. »Blöder Hund. Wenn du auch noch irgendwas hättest, so'n Malheur ... Von morgens bis abends rackert man, Tag für Tag, und dann das. Man hätte doch wirklich ein bißchen Freude verdient, oder? Alle Nachbarn gucken mich schräg von der Seite an. Das ist so beleidigend, Simon. Kannst du mir sagen, womit ich das verdient habe? Einen geisteskranken Sohn...?«

»Was ist denn jetzt los?«

»Hat der Arzt mir doch bestätigt, dieser Neurologe! Das ist seelisch, hat mit den Nerven zu tun, da kann man gar nichts machen. Und dann schließen sie ihn mir womöglich weg, in die Heilanstalt. Du glaubst nicht, wie peinlich mir das ist, wenn wir irgendwo sind, und er kriegt so eine ... Wie heißt das noch?«

»Absence.«

»Ja. Dann sag ich immer: Das ist nichts. Das hat überhaupt nichts zu bedeuten. Der träumt nur. Der träumt!«

»Und es ist vor allen Dingen keine Geisteskrankheit! Der Junge ist einfach übersensibel, *das* hat der Arzt gesagt. Und bei solchen Leuten, besonders kurz vor der Pubertät, gibt es schon mal diese Aussetzer. Das kommt, und das geht auch wieder weg!«

»Na, ich weiß nicht. Hab schon Pferde kotzen sehen. Und wenn er das mal auf der Straße kriegt? Auf dem Fahrrad? Darf gar nicht dran denken!«

»Tust du aber«, sagte ich.

»Ist das denn ein Wunder? Soll ich mir *keine* Sorgen machen? Immer hab ich mich gesorgt um den, noch bevor der überhaupt entbunden war. So eine schwere Schwangerschaft! Ich meine, du … Du bist nach einer Stunde leichter Wehen raus wie nichts. Aber der? Was hab ich mit dem Satan gekurt. Wäre fast aus dem Fenster gesprungen. Und schließlich kommt die Hebamme und sagt: Tja, schon wieder ein Stückchen zuviel. Wir wollten doch ein Mädchen. Und dann hat er auch noch dieses Fletschauge.«

»Das war eine *Lid-Lähmung*.«

»Ja. Und macht in der Schule nur Mist und ist halb kriminell mit den Feketes. Wieso? Kannst du mir das sagen? Wieso krieg *ich* immer alles ab. Bin doch auch nur 'n Mensch!«

Sie weinte jetzt hemmungslos, neigte den Kopf, zerrte an dem kleinen Taschentuch in ihrem Schoß herum. Es war transparent vor Nässe, ich sah die lackierten Nägel durch das Gewebe. Auf dem Nachbartisch stand ein Glas mit Papierservietten. Im Lokal war niemand mehr.

Sie putzte sich die Nase, atmete leise japsend ein. »Was für ein Leben … Hab ich dir je von meinem Vater erzählt? Der ist ja vor dem Krieg gestorben, Tuberkulose. Wir waren uns immer fremd, weißt du, keiner hat den anderen groß beachtet. All die vielen Kinder – er hat dauernd unsere Namen verwechselt. Und einmal hatte ich Geburtstag, meinen achten oder neunten oder was. Und nichts hab ich gekriegt, gar nichts, wir waren ja arm. Meine Mutter wollte abends einen Hefezopf bakken. Aber dazu war sie dann auch zu müde. Und da saß ich auf der Schwelle, und er kam vorbei. Er war immer auf Achse, weiß der Teufel wo, hat fast nie bei uns gewohnt. War eh alles zu eng. Und ich guck zu ihm auf und sage: Hallo Papa, ich hab heut Geburtstag ... Da blieb er stehen und sah mich an. Vielleicht nur eine Sekunde, aber mir kams ewig vor. Er griff mir in die Haare, so, es tat richtig bißchen weh, schüttelte langsam meinen Kopf und sagte: Ach ja? Na fein. Dann laß dir mal was Schönes schenken.«

Sie schloß kurz die Augen. »Tja, so war das.« Sie schluckte. »Und so ist es immer noch. Wie sehe ich aus? Verschmiert?«

»Nein«, sagte ich. »Komm, wir gehen.«

»Gut. Oder wollen wir noch eine rauchen?«

Ich schüttelte den Kopf, und sie schob mir ihre Börse hin. »Dann mach du das, ja?«

Doch ich zeigte ihr mein Geld, den Fünfziger. »Ich lad dich ein.«

»Gewonnen? Im Ernst?« Wieder Tränen, und noch einmal putzte sie sich die Nase. Dann lachte sie hinter der Serviette, lachte und schniefte und sagte: »Im Moment scheinen wir eine Glückssträhne zu haben, was?«

Der Plattenspieler war von Woolworth, ein Koffergerät aus hellgrauem Plastik, neunundneunzig Mark. Der Lautsprecher, Mono, befand sich in dem Klappdeckel mit der Kroko-Struktur. Neben dem Schalter für die Umlaufgeschwindigkeit steckte eine kleine Bürste zur Reinigung der Nadel. »Echt Saphir«, stand auf dem Tonkopf.

Ich wußte, daß Christiane Schneehuhn ein Bandgerät hatte und jemanden suchte, bei dem sie die neue Beatles-Platte aufnehmen konnte. Doch als ich sie ansprach, hob sie nicht einmal den Kopf. »*Du* hast Rubber Soul?« Dann blätterte sie weiter in ihrem Buchführungsheft. – »Na, mal sehen. Der Fredy wollte sie sich heute holen. Da müßte ich nicht so weit fahren.«

Doch am nächsten Tag brachte sie ihr Gerät in die Schule und kam nach dem Unterricht mit zu mir. Sie trug samtblaue Cordhosen und ein orangefarbenes Twinset; am Kragen des Pullovers und an den Rändern der Wolljacke lindgrüne Streifen. Auch ihre knöchelhohen Wildlederschuhe waren blau.

Meine Mutter hatte alle Gardinen abgenommen und in die Reinigung gebracht, auch die in meinem Zimmer. Das Fenster war geputzt, die beiden Stühle standen auf dem Bett, und der Pegulan-Fußboden, frisch gebohnert, stank. Sie trug Gummihandschuhe und hielt Christiane ein Handgelenk hin. Erstaunlich freundlich klang deren Stimme jetzt, hell und lieb, und auch meine Mutter lächelte herzlich. Doch hinter ihrem Rücken schoß sie einen verärgerten Blick auf mich ab.

Ich nahm uns eine Flasche Cola aus dem Kühlschrank

und drückte die Tür meines Zimmers zu. Wir stellten die Stühle auf den Boden, und Christiane blickte sich um. »Also? Wo ist das gute Stück.«

Ich zeigte auf die LP. Ich hatte sie an die Wand gepinnt, neben ein kleines Foto von Francoise Hardy.

»Schon klar«, sagte Christiane. »Ich meine den Plattenspieler.«

Ich nahm das Gerät vom Kleiderschrank, und sie verzog das Gesicht. »Was denn? *Mono?*«

»Aber sehr gute Qualität.«

Als ich es aufklappte, löste sich der Tonarm, die Nadel schlug auf den Teller, und ich nahm die Platte aus der Hülle. Christiane machte ihr Band klar.

»Am liebsten mag ich Nowhere Man«, sagte ich. »Und Girl und Norwegian Wood. Und natürlich Michele. Die Gitarre auf den Stücken ist manchmal zum Verrücktwerden. Überhaupt finde ich George Harrison sehr sympathisch. Der steht immer so still abseits und spielt dabei die tollsten Sachen.«

»Ja, ja«, murmelte sie, einen kleinen Stecker in der Hand. »Hat das Ding hier keine Buchse für das Überspielkabel?«

»Eine was? Wieso? Nimmt man denn nicht mit dem Mikro auf?«

Ungläubiges Kopfschütteln. »O Gott! Das werden wir jetzt wohl müssen.« Sie öffnete ein Lederetui, nahm ein kleines Stativ heraus, legte das Mikrophon darauf und schob es an den Lautsprecher. »Daß solche Kisten überhaupt noch gebaut werden...«

Ich goß uns Cola ein. Wir setzten uns an den Schreibtisch, und sie legte den Tonarm auf die Platte und zischte: »Absolute Stille jetzt!«

Als das erste Lied gespielt war, stoppte sie die Aufnahme und hörte sie ab. Das Prickeln der Kohlensäure war mit drauf, und wir stellten die Gläser auf den Boden und starteten die Apparate nochmal.

Während der Dreiviertelstunde sprachen wir kein Wort. Wir saßen uns gegenüber und blickten aneinander vorbei, wippten mit den Fußspitzen oder tranken, weit zurückgelehnt, von unseren Colas. Nur einmal zog Christiane die Nase kraus. Traska war in seinen neuen Fußballschuhen nah an der Tür vorbeigestampft, und wir spielten das Lied, Run for your Live, noch einmal. Dabei blickte Christiane mich über den Glasrand an, machte sich lang und schob mir ihren Fuß, der in einer kurzen weißen Socke steckte, ins Hosenbein. Ihr kastanienbraunes Haar war so glatt und dicht und schwer – ich hätte gern mit beiden Händen hineingefaßt. Und hatte gleichzeitig Angst davor.

»Kannst du Petting?« fragte sie. Die Musik war zu Ende, und ich nickte. »Denke schon.«

Sie schaute sich im Zimmer um. »Und welche Platten hast du sonst?«

»Keine«, sagte ich. »Nur die.«

Wir spielten sie noch einmal und legten uns aufs Bett. Christianes Lippen waren so weich, daß mir fast schwindelig wurde. Auch ihr Atem roch gut; am liebsten hätte ich mir sofort die Zähne geputzt. Ich legte eine Hand unter ihre Brust, betastete die Rippen, und sie fuhr hoch und blickte durch das blanke Fenster auf die Balkone der umstehenden Häuser. »Kann uns hier jemand sehen?«

»Ach was!« sagte ich, und sie sank zurück, biß mir ins Ohr und zog meine Hand – »*Da* gehört sie hin!« – richtig auf ihre Brust.

Obwohl ich doch größer war als sie, hatte ich das Gefühl, daß sie größer war als ich. Vielleicht weil sie im Gegensatz zu mir nie die Augen schloß, mich immer zu beobachten schien. Mir wurde warm, ich küßte sie heftiger, und sie drückte mich etwas weg und küßte mich immer sanfter. Doch sie mochte es, wenn ich ihre Brustwarzen fest zusammenpreßte. Dann legte sie den Kopf in den Nacken, starrte zur Zimmerdecke, biß sich auf die Unterlippe und betastete vorsichtig, nur mit den Fingerspitzen, mein Glied durch den Hosenstoff hindurch. Dabei lächelte sie, und ihre Zähne glänzten rein und weiß wie irgendwas im Frühling, im Tau.

Aber plötzlich rückte sie ab, setzte sich auf, runzelte die Brauen. »He, was denn? Was ist los? Zitterst du?« Ich konnte nichts sagen, räusperte mich, schluckte, und sie sah mich an. »Junge, du *zitterst*!«

»Ja doch«, murmelte ich. »Na und? Komm her.«

Doch sie schüttelte den Kopf, klappte den Tonbanddeckel zu, langte nach dem Kabel und wickelte es rasch um ihre Hand.

»Nein, nein. Dein Zittern macht mir angst…«

Auf dem Küchentisch lagen Fische, ein Dutzend frischer, in Zeitung gewickelter Heringe. Mit der Schere schnitt Gino sie der Länge nach auf. Er schabte sie aus, wälzte sie im Mehl, legte sie in heißes Fett, und meine Mutter machte Salat an.

Traska hielt zwei der neuen Weingläser ins Licht, schlug sie leise gegeneinander. »He, Perfetto!« sagte er. »Kann ich gleich 'ne Runde auf deinem Rennrad drehen?« Er blickte sich um.

»Klar«, sagte Gino. »Stehte draußen.«

»Das wirst du bleiben lassen«, sagte meine Mutter und schob mir den Brotkorb hin. »Bring den mal ins Wohnzimmer.« Sie zeigte mit dem Messer auf Traska: »Und du wäschst dir die Pfoten und ziehst mir diese dreckige Hose aus!«

»*Wem?*« fragte ich. Sie rammte mir einen Ellbogen in die Seite.

Der Tisch war weiß gedeckt. Es gab sogar Stoffservietten, und auf dem Aquarium brannte eine Kerze, ein Duftlicht von Avon. Meine Mutter stellte den Fernseher aus, doch Traska, der sich Limonade ins Weinglas goß, streckte den Arm vor und stellte ihn wieder an. Sie wurde blaß, drohte ihm mit einem Blick. Dann ging sie noch einmal zu dem Apparat, drehte den Ton ab, und er zuckte mit den Schultern und blätterte in dem Comic-Heft, das neben seinem Teller lag.

Es gab eine Vorspeise, ein paar Salamischeiben mit Oliven und gedörrten Tomaten, und die Heringe, goldbraun gebraten, reichten nicht ganz. Auch von dem Fenchelsalat mit Olivenöl und Zitrone und dem knusprigen Brot hätte es mehr geben können. Den Weißwein aus der schmalen Flasche verdünnten wir mit Wasser. Aber daß alles nicht ganz reichte, war das Köstliche an dem Essen, und mein Bruder lümmelte sich in die Couchecke und lutschte an einem Fischkopf herum. »Donnerwetter. Hätte nicht gedacht, daß sowas so schmecken kann.«

»Ja, wie sonst denn?« fragte Gino.

»Wie Fischstäbchen«, sagte ich, und er sah uns verständnislos an.

Traska machte ein paar rasche Handkantenschläge. »Iste Fische gehackte wie Holze. Capito? Gib mir mal den Schlüssel.«

»Nein!« sagte meine Mutter und setzte sich etwas gerader auf. Sie streifte ihre Zigarettenasche an einer Schwanzflosse ab. »Das Rad bleibt hier. Und Schluß.«

»Wieso denn! Was hab ich denn schon wieder verbrochen? Bin ich ein Sträfling, oder was?«

»He!« sagte Gino. »Ist Friede, ja. Wir haben die Essen gut, wir trinken Wein.« Er stellte das Geschirr zusammen. »Jetzt Feierabend. Wir machen Musik. Habt ihr Gitarre?«

Doch Traska starrte ihn unverwandt an, machte eine fordernde Fingerbewegung, und der andere lächelte vage, sammelt ein paar Krumen vom Tisch. »Naja, wird auch schon dunkel, wie? Und Lampe kaputt und Sattel zu hoch. Wie geht der Walter? Gehta besser?«

Ich drehte den Fernseher lauter, Tagesschau, und Traska sprang auf, schmiß seine Serviette in den Gummibaum. »Ach, leckt mich doch am Arsch!« Er lief hinaus, ließ die Wohnungstür offen, und meine Mutter sah mich an, ein bittender Blick. Ich verzog das Gesicht. Ging ihm aber nach.

Er krempelte sich die Ärmel hoch, steckte den Bambusstab in die Halterung und wischte mit dem Käscher mehrmals durch die Luft. Dann steckte er sich eine kleine Schere in die Tasche und öffnete den Messingriegel. Doch bevor er die Tür aufzog, schlug er mit der Hand gegen den Maschendraht, der hier und da geflickt war, und alle Vögel, bis auf die in den Nestern, flohen in den hinteren Teil der Voliere. Dann schlüpfte er hinein.

Er hängte das Netz an einen Ast, ging in die Hocke und begann, die Eierschalen vom Boden zu klauben. Als er eine Handvoll gesammelt hatte, warf er sie in das große Gurkenglas in der Ecke, wo schon andere in bräunlichem Wasser lagen. Dann nahm er eine Spielzeugschaufel und ein kleines Sieb von der Wand und blickte sich auf dem Boden um. Wo er Kot sah, siebte er ihn aus dem Sand und warf die Bröckchen ebenfalls in das Glas. Er goß frisches Trinkwasser aus einer Bierflasche in den Spender und hob die kleinen, noch gut gefüllten Futternäpfe aus den Halterungen, blies lange behutsam hinein. Die leeren Hülsen flogen durch den Maschendraht, schwebten in die Kohlen.

Schließlich musterte er die Vögel auf den Ästen. Stumm blickten sie zu ihm hinunter, und ich bildete mir ein, die Herzen pochen zu sehen unter dem seidigen Gefieder.

Er faßte einen weißen mit orangefarbenem Schnabel ins Auge, scheuchte ihn in die Ecke und versuchte, ihn mit der Hand zu schnappen. Als das mißlang, fing er ihn, eine blitzschnelle Bewegung, mit dem Käscher, drehte die Öffnung zu und wartete, bis der Vogel sich beruhigt hatte in der Gaze. Dann langte er vorsichtig hinein, blickte sich im Keller um und sagte: »Gib mir mal den Hocker.«

Ich öffnete die Tür einen Spalt, reichte ihm den Melkschemel hinein, und er setzte sich und begutachtete das Tier, das kaum hörbar zirpte in seiner Faust. Er hielt es so, daß es kopfunter hing, fixierte die gespreizten Krallen zwischen Daumen und Zeigefinger und zog die kleine Schere aus der Tasche.

»Wo hast du das gelernt?« fragte ich, doch Traska antwortete nicht. Er blies etwas Sand oder trockenen Kot von den Füßen des Tiers, flötete tonlos und schnitt ihm die Krallen.

»Sie werden zu lang hier«, sagte er schließlich. »Das ist die gute Ernährung. Oder auch, weil zu viele Hähne im Käfig sind. Und dann können sie kaum noch gehen und nicht mehr richtig auf den Stangen und Ästen sitzen, die Gelenke entzünden sich, und so weiter.«

»Schneidest du überhaupt was ab?« fragte ich. Es sah nach nichts aus.

Er nickte. »Man muß es vorsichtig machen. Das ist nicht nur Horn oder was. Wenn du die Kralle vor die Glühbirne hältst, kannst du es sehen. Bis zur Hälfte sind da Nerven drin, Adern und so, und wenn du zu weit schneidest, machst du sie vielleicht...«

Die winzige Schere schon geöffnet, verstummte er. Seine Unterlippe zuckte, der Blick trübte sich, die Lider hingen etwas herab. Das Gesicht wurde blaß, eine graue Blässe, die Halsader pochte hart, und auch die Hände bewegten sich, als wäre der Puls in ihnen überstark. Er stöhnte leise, wie oft im Schlaf, und kam ein bißchen ins Wackeln auf dem einbeinigen Schemel. Das dauerte nur Sekunden, dann zuckte er wie erschrocken und sah auf. »Hm? Was ist?«

»Nichts«, sagte ich. »Du hast geträumt.«

»Ja.« Er drückte die Schere zusammen. »Wenn du zuviel abschneidest, machst du sie womöglich lahm.«

Am nächsten Morgen wurde ich zu spät wach; ich hatte vergessen, den Wecker zu stellen. Traska saß am Küchentisch, vor einem Becher Kakao, und blätterte Schulhefte durch. Meine Mutter goß heißes Wasser über ihren Nescafé.

»Kämm dich, bevor du unter die Leute gehst«, sagte sie, erstaunlich sanft. »Siehst aus wie ein Strauchdieb.«

Doch er beachtete sie nicht, klappte ein Buch zu und ruckte das Kinn vor, in meine Richtung. »Dein Lieblingslehrer, dieser Bramhoff, ist jetzt Konrektor. Und weißt du, was er gesagt hat? Ich müßte mich sehr anstrengen, wenn ich so gut werden will wie mein Bruder.« Er spuckte in die Spüle. »Du gottverdammter Jackenzieher. Und ich krieg heut 'ne Fünf in Algebra.«

Er lief ins Schlafzimmer, zur Frisierkommode, und

meine Mutter, die hochgeschreckt war von ihrem Stuhl, stieß etwas Luft durch die Nase und sank wieder zurück.

»So ein Quatsch.« Müde trank ich einen Schluck aus seiner Tasse. »Ich war überhaupt nicht gut. Vielleicht in Deutsch, in Religion. Aber sonst...«

Sie kramte Zigaretten aus der Tasche ihres Morgenrocks, nahm das Feuerzeug vom Herd, und ihre Finger zitterten. Traska stand schon wieder in der Tür. Er war nur halb gekämmt, nur an einer Seite, und legte die Haarbürste auf den Schrank. Er sah erst mich, dann meine Mutter an.

»Was soll denn das bedeuten!« sagte er leise, fast flüsternd.

Die Brauen gerunzelt, zwei senkrechte Falten über der Nasenwurzel, starrte sie zurück, herausfordernd, kalt. Sie hielt die Juno in Gesichtshöhe und drückte sich den spitzen Daumennagel unters Kinn. »Was soll *was* bedeuten?«

Traska schluckte. Er bewegte die Lippen, ohne etwas hervorzubringen, und blickte mit großen Augen im Raum umher, als wäre das nicht mehr unsere Küche, unser Tisch, als wäre er ausgesetzt in einer anderen Zeit, einem fremden Zuhause. Irgendwie rührte er mich. Ich hätte ihm gern den Kakao aus den Mundwinkeln gewischt.

»Da schläft ja einer. Da schläft der Gino...«

Meine Mutter tat, als sähe sie aus dem Fenster, und zupfte beiläufig die Gardine zurecht, die Übergardine. »Ja, und? Warum sollte er nicht da schlafen!«

»Wie, na und?« stammelte er. »Weiß denn das der Papa?«

Sie stieß den Rauch steil hoch und funkelte ihn an. »Kümmere dich gefälligst um deinen Kram. *Natürlich* weiß er das!«

Eine Lüge. Ich trank noch etwas, und Traska, der seine Hefte, die Stifte und einen Radiergummi verstaute, wendete sich ab. Es war höchste Zeit. Doch er kriegte das zerkratzte Schnappschloß nicht zu, schlug mehrmals dagegen. Es sprang wieder auf. Ein Wassertropfen auf dem Boden, ein zweiter, rasch wischte er mit der Schuhspitze darüber, schniefend. Und ließ plötzlich die Tasche fallen und rannte hinaus. Meine Mutter zuckte mit den Achseln.

Ich bückte mich, kramte die Bücher zusammen, hängte den Ranzen an die Flurgarderobe. Eine Weile betrachtete ich mein Bild im Spiegel, das graue Fenster dahinter, den Wäscheständer im Hof. Dann wischte ich mir den Kakao aus den Mundwinkeln.

Das Radio spielte leise unter einem Handtuch. Pavel setzte sich in den Schneidersitz, eine schlanke Silhouette, das Gesicht mit der leicht gebogenen Nase und dem kräftigen Kinn wie ein Scherenschnitt scharf. Eine Locke stand etwas ab von der Stirn. Der Mond war fast voll. Er schien so stark, daß wir die Schatten der Apfelbäume durch die Plane sahen. – »Oller?«

Als er ein Streichholz anriß, brach der Schwefelkopf ab und flog brennend durch die Luft. »Hast du eigentlich schon mal über das Ende nachgedacht? Ich meine, über den Tod, über Selbstmord zum Beispiel? Oder wie möchtest du mal sterben?«

»O Gott. Frag mich was Netteres«, murmelte ich. »Möglichst schnell. Und du?«

Er zündete die Kerze an. »Ach, keine Ahnung. Weiß ja nicht mal, wie ich leben möchte.«

»Was muß man da wissen? Das Leben lebt sich von allein.«

»Ah ja? So siehst du aus. Guck dir doch meine Alten an. Oder deine. Wenn das das Leben ist – gute Nacht. Und wir sind auch bald soweit. Im nächsten Jahr mach ich meine Gesellenprüfung. Dann den Führerschein, Klasse drei. Dann kaufe ich mir ein Auto, auf Raten. Dann kommt die große Liebe oder so'n Stuß, und schließlich quäken die Babys, und man ist endgültig erwachsen. Man braucht ein größeres Auto, und die Frau will eine Tiefkühltruhe und einen Zimmerspringbrunnen, auch alles auf Raten. Vor lauter Verzweiflung werde ich Meister, und wir bauen uns ein Haus, obwohl wir uns eigentlich schon nicht mehr ausstehen können. Und wenn es abbezahlt ist, kriegen wir Krebs und kakken in die neuen Betten. Und das wars, oder was? Dann lieber mit Karacho vor'n Baum.«

Ich setzte mich auf, suchte nach meiner angebrochenen Schokolade. »Naja, vielleicht können wir es anders machen? Diese Leute in Berlin zum Beispiel...«

»Hör schon auf«, knurrte Pavel. »Die! Mein Berufsschullehrer, weißt du, was der sagt? Der ist astrein, hat Matte und trägt Schocksocken und so. In seiner Wohnung stehen lauter Buddhas und indische Göttinnen. Und der sagt, die in Berlin sind auch nur Spießer. Linksgewendete Spießer!«

Ich schwieg, und Pavel legte sich wieder hin. Er verschränkte die Hände hinterm Kopf, starrte zum Zeltdach hoch, zu den Schatten abgefallener Blätter und Blüten.

»Alle wollen gut leben, oder? Schön wohnen, schön schlafen, schön frühstücken. Ein leckeres Mittagessen, Kaffee und Kuchen. Einen spannenden Film, eine geile Frau, wunderschön vögeln. Noch schöner wohnen. Eine Reise in den Süden. Eine satte Rente. Einen schönen Tod...«

»Komm«, sagte ich. »Was ist so schlecht daran?«

Er holte tief Luft und wartete eine Weile, ehe er sie wieder ausstieß. »Tja, weiß auch nicht, Oller. Nichts wahrscheinlich. Gar nichts. Und doch ... Es ist furchtbar. Irgendwie gruselig. Ich kann es nicht erklären.« Er pustete die Kerze aus.

Ich wünschte ihm eine gute Nacht, doch er antwortete nicht. Und plötzlich stand er auf, zog sich Jeans und Pullover an und schlüpfte in seine Stiefel. »Na komm, drehen wir noch 'ne Runde.« Er schmiß mir meine Sachen hin. »Bei dem Fickmond kann man eh nicht pennen. Vielleicht kriegen wir noch irgendwo ein Bier.«

»Wo denn? Es ist halb drei.«

»Ach, wir finden schon was«, murmelte er und zog den Reißverschluß auf, trat in den Garten, in das wirre Gras hinaus, wo ihm die kleine Katze mit zitternd hochgerecktem Schwanz um die Beine lief. Sie blickte zu uns auf, und ihre Augen schienen ganz aus Licht zu sein.

Die Zündapp stand in der Garage, Pavel schob sie an dem Ford vorbei. Das Haus war dunkel, nur hinter dem Flurfenster glühte ein Schalter, rot, und aus dem Keller hörte man das Brummen der Gefriertruhe. Auch in der Siedlung alles still, niemand mehr auf der Straße.

Doch als ich das große Blechtor hinter uns schloß, hörte ich Schritte auf dem Pflaster, jemand pfiff ein Lied, und plötzlich bog Pavels Vater um die Hecke und öffnete die Pforte zur Einfahrt, den Jägerzaun. Er stutzte, blieb unter der Laterne stehen.

»Nanu. Kommt ihr auch grad heim?« Er roch stark nach Schnaps, hielt sich aber, wie meistens, gerade. Nur die Stimme leierte etwas.

»Nein«, sagte Pavel. »Wir sind die Nachtschicht. Halt mal das Tor auf.«

»Die was? Wieso? Wollt ihr etwa noch weg?«

»Das siehst du doch.«

Sein Vater schüttelte den Kopf, kam auf das Grundstück, zog den Zaun hinter sich zu. »Joschi, jetzt hör mal...«

Doch dann sah er mich an. »Ich weiß genau, was ihr vielleicht denkt, Simon. Ich war früher nicht anders. Ich hab in den Erwachsenen auch immer nur Leute gesehen, die einem den Spaß verderben wollen. Aber plötzlich ist man Familienvater und hat Verantwortung, wißt ihr. Dann denkt man doch weniger ... schwarzweiß. – Joschi? Du bist sechzehn Jahre alt, und ich möchte dich höflich daran erinnern, daß du nach zweiundzwanzig Uhr nichts mehr in einem Lokal zu suchen hast. Jedenfalls nicht ohne einen Erziehungsberechtigten. Außerdem war längst Polizeistunde.«

»Wieso?« sagte Pavel. »Wer geht denn in die Kneipe? Wir fahren ins Puff!«

Sein Vater, im Laternenlicht, schmunzelte. »Du weißt, daß ich solche Reden nicht liebe. Also kommt, Jungs, schiebt das Moped zurück und legt euch schlafen. Es ist fast drei.«

Pavel schluckte, umklammerte die Lenkergriffe fester, starrte vor sich auf den Boden. »Oller?« Er sprach durch die Zähne. »Dann mach *du* das Tor auf.«

Doch sein Vater hatte sich dagegen gelehnt, kramte seine Blechdose hervor und drehte eine Zigarette. Er schwieg bedeutsam, kreuzte die Beine. Schließlich leckte er das Blättchen ab und spuckte etwas Tabak über den Zaun, auf den Bürgersteig.

»Paß mal auf, Joschi. Ich kann ja verstehen, daß dir das hier mächtig gegen den Strich geht. Ich war auch so ein Trotzkopf. Fast noch schlimmer. Aber jetzt ist eine andere Zeit. Das Tor bleibt zu, und ich muß dir mal folgendes sagen: Solange du hier ein und aus gehst und die Füße unter meinen Tisch stellst...«

Ich stolperte, wäre fast in das Zierbeet gefallen: Nach einem kaum hörbaren »Halt mal!« hatte Pavel die Maschine zu mir hingestoßen, ich kriegte sie am Spiegel zu fassen, zertrat ein paar Blumen, und mit zwei, drei großen Schritten war er bei seinem Vater, der gerade die verbeulte Dose schloß und verwundert zu ihm aufblickte, freundlich fast. Genau so würde Pavel später einmal aussehen, dachte ich, hager und stark, und noch im Lauf holte er aus und schlug ihm die Faust ins Gesicht.

Der Mann, beide Hände vor Nase und Mund, taumelte zur Seite, und sein Sohn trat zu, immer wieder. Die Arme gestreckt, um sich im Gleichgewicht zu halten, trat er eine Latte nach der anderen aus dem Rahmen, und dann flogen Schlüssel, Schloß und Klinke auf die Straße.

»Welches Tor denn?« schrie er. »Wo, verdammt, ist hier ein Tor?! Alles offen, du Arsch! Alles offen!«

Breitbeinig, die Hände an den Hüften, den Kopf geneigt, stand der Mann auf dem Pflaster und ließ das Blut einfach abtropfen. Im Haus gingen Lichter an, auch in den Häusern gegenüber, und ich hörte Frau Schönrock im Garten nach Pavel rufen. Der setzte sich aufs Moped, startete den Motor und drehte sich nach mir um: »Na los, steig auf.«

Sein Vater trat einen Schritt zurück, betupfte sich die Nase mit dem Jackenärmel.

»Joschi?« Er schniefte, schluckte. »Moment noch, bitte. Ich bin gleich fertig. Ein bißchen Geduld werdet ihr haben.« Er spuckte aus. »Daß du das getan hast, mich geschlagen, ist nicht weiter schlimm, hörst du. Macht mir gar nichts. Das verrechnen wir.«

Langsam bückte er sich nach seiner Tabaksdose, schloß die zitternde Hand darum. »Keine Sorge, Simon, du kannst ja nichts dafür. Ich bin hart im Nehmen. Härter als so mancher.« Und wieder zu seinem Sohn, der nervös am Gas drehte: »Aber daß du mich hier, vor allen

Leuten, vor den Nachbarn...« Er schwankte auf uns zu, schüttelte den Kopf, hielt die Tränen nicht zurück. Blut lief ihm über Lippen und Kinn. Frau Schönrock trat in die plötzlich erleuchtete Haustür, und er hob die Faust mit der krummen Zigarette zwischen den Fingern und schrie gegen den aufheulenden Motor: »Daß du mich vor den Augen deiner Mutter und vor deinem besten Freund geschlagen hast, dafür sollst du verflucht sein, Junge! Dafür sollst du fürs Leben verflucht sein!«

Pavel raste nicht, fuhr nicht einmal schnell. Eine Hand am Lenker, die andere in der Tasche seiner Windjacke, bog er langsam in die Straße zur Elpenbach-Klause. Das Lokal lag neben einer Polizeiwache und war, wir sahen es von weitem, dunkel. Er fuhr zwischen den Schrebergärten hindurch, an der Kirche und am Sportplatz vorbei, umkurvte den Dicken Stein. Auch vor dem Fuchsbau waren die Rollos längst herabgelassen. Doch im Schalter für den Straßenverkauf stand noch jemand, wir erkannten eine Silhouette, und Pavel hielt an.
Es war das HB-Männchen, die Holzfigur, die sonst an der Laterne lehnte, und er gab wieder Gas und fuhr die Dorstener Straße hoch, Richtung Zeche. Der Kiosk vor der Kaue war geschlossen, Kleine-Gunck hatte Betriebsferien, und dann, schon fast an der Stadtgrenze, gab es nur noch die Gaststätte Maus. Auch sie auf den ersten Blick dunkel, und Pavel bog auf den Parkplatz. Eine einzelne Glühbirne flackerte an einem Kabel zwi-

schen den Bäumen, und in dem langen Anbau, dem Tanzsaal, brannten nur noch die Lichter über den Notausgängen. Alle Stühle standen auf den Tischen, die Instrumente vor der Bühne waren verpackt.

Trotzdem hörte man leise Musik, und da Pavel die Maschine ausgeschaltet hatte, ruderten wir sie im Gleichtakt mit den Beinen ums Haus, an Stapeln zusammengeketteter Tische und Stühle und einem ausgehöhlten Baumstamm voller Heidekraut vorbei. Hinter dem Straßenfenster aus braunem und grünem Wellglas ein einzelnes Licht, vielleicht eine Kerze, und wir stiegen ab.

Die Tür war nicht verschlossen. Im Windfang lehnte eine Tafel: »Tagessuppe. Kohlroulade mit Stampfkartoffeln, Salatbeilage. Wackelpeter.« An der Wand ein Plakat des Schützenvereins. Die Musik, die Stimme von Caterina Valente, war jetzt lauter, und als wir die Zwischentür aufdrückten, verstummten die meisten Leute an der schwach beleuchteten Theke, drehten sich nach uns um.

»Feierabend«, sagte der Wirt, der in der Ecke vor einem Schachbrett saß. Im Kerzenlicht schimmerten die Glasfiguren wie angeschmolzenes Eis, und er kratzte sich das Kinn. Camillo, sein Partner, nahm ihm gerade einen Bauern ab.

Gino trug eine spitze Kappe aus Glanzpapier und prostete uns mit einer Tasse zu. Die Hemdsärmel aufgekrempelt, den Schlips über die Schulter geworfen, stand er hinter dem Zapfhahn und rief: »Exporte oder Pilze?«

»Ach du Scheiße!« sagte meine Mutter und stellte ihr Likörglas weg. Sie lehnte, einen Fuß auf der Messingstange, mit den Karwendels am Tresen. Das marineblaue Kleid hatte ein eckiges, weiß abgesetztes Dekolleté und war sehr eng. Der Unterrock schaute hervor. »Was ist los? Ist was passiert?«

Tante Friede, ihre Freundin, winkte. Zusammen mit Frau Streep saß sie am anderen Ende der Theke, zwischen drei Musikern. Die hatten weinrote Glitzersakkos mit schwarzen Revers an, und einer, ein grauhaariger, trug eine Teddyfrisur mit Entenschwanz.

»Ist nichts passiert, Simi, oder?«

Aus ihren kleinen glasigen Augen blickte meine Mutter zu mir auf, versuchte angestrengt, etwas in meinem Gesicht zu erkennen, und ich schüttelte den Kopf und nahm zwei Zigaretten aus ihrer Schachtel.

»Jo mei, die Buam!« sagte Frau Karwendel. »Wie fesch die ausschaun. No *a* omol so jung sein, so knackert, ge?«

Sie lächelte versonnen und lehnte den Kopf an die Schulter ihres Mannes. Der nickte, gab uns Feuer und sagte: »Sakra. Ich würd alles anders machen.«

»Das glaub ich nicht, Manfred«, rief Frau Streep herüber. »Eins jedenfalls würdest du genauso machen wie heute!«

»So *gut*!« sagte Herr Karwendel, doch das ging im allgemeinen Gelächter unter.

»Die *hat* eine gottlose Klappe, die Frau.« Meine Mutter, schmunzelnd, hakte sich bei Pavel ein und schaute zu ihm auf wie manchmal zu meinem Vater. »Mensch,

Joschi! Wie lange haben wir uns nicht gesehen? 'ne halbe Ewigkeit. Der Kleine schwärmt immer noch von deinen Elfmetern. Du bist so ... so stattlich geworden. Ein richtiger Mann!«

Frau Streep neigte sich zwischen den Glitzersakkos hervor. Sie trug ein Kleid mit schwarzem Spitzenkragen und eine Hochfrisur, von der ihr eine Strähne übers Ohr fiel. Ihr Blick schwamm ihr etwas voraus. »Denk bitte nicht schlecht von mir, Simi. Hörst du? Denk bitte, bitte nicht schlecht von mir!«

»Wieso sollte ich?«

»Na, hör mal!« Sie tat verdutzt, legte sich eine Hand an den Mund, formte eine Art Sprachrohr. »Ich leb doch in *Scheidung*!« flüsterte sie laut. »Ich darf hier gar nicht sitzen. Jedenfalls nicht in Männerbegleitung. Wenn der das erfährt, oder sein Anwalt ... Mein Gott, du wirst es erleben. Heirate nie!«

»Quatsch!« Meine Mutter tippte sich an die Stirn. »Natürlich wird der heiraten. Ich will mal Enkel! Stimmts, Joschi?«

»Wie gehts denn Ihrem Mann?« fragte Pavel.

»Ach.« Sie sah mich an. »Wie gehts dem Papa? Gut, würd ich sagen. Tanzen will er zwar noch nicht, doch das wollte er nie. Fährt aber Rad und arbeitet wieder, über Tage. Das ist 'n Wühler, weißt du. Dem kannst du alle Knochen brechen, der kriecht trotzdem in seinen Pütt. Nächsten Monat geht er vor Kohle.« Sie drehte sich um. »Sag mal, Werner, gibts hier keine Musik mehr?«

»Feierabend!« brummte der Wirt, trank einen Schluck

Kaffee und kratzte sich den Kopf. Camillo nickte, langte über das Brett und kratzte mit. Dann nahm er ihm einen Springer ab.

»Na komm.« Meine Mutter reichte die beiden Biere, die Gino gezapft hatte, an uns weiter. »Einen Rausschmeißer noch!«

»Arrivederci, Hans...« sang Tante Friede und winkte wieder, nun mit beiden Händen. Sie trug eine ärmellose Bluse und hatte sich die Achselhaare rasiert. Vor längerer Zeit.

»... das ist der letzte Tanz!« antwortete meine Mutter. Sie ließ die Finger schnippen, die Schultern zucken und rempelte mich mit einem Hüftstoß an. Ich blickte zu Boden. »Dein Unterrock guckt raus«, murmelte ich. Doch sie hatte mich nicht verstanden.

»Schach!« Camillo zündete sich eine Zigarre an, und der Wirt seufzte, bereitete müde ein neues Spiel vor. Die Kerze flackerte, die Hände hinter den Glasfiguren sahen wie etwas Schwimmendes aus. Und plötzlich stutzte er, betrachtete seine Schuhe. »Hör mal, waren die nicht gerade braun? Wieso sind die jetzt schwarz?« Und er drehte sich um und rief zum Tresen: »He, du verdammter Itacker, mach den Kaffee nicht immer so stark!«

Gino drückte auf einen Knopf und setzte das Tonband in Bewegung, große Räder. »Himmel oder Hölle, mit dir in dieser Nacht, Himmel oder Hölle, wer hätte das gedacht!«

Herr Karwendel gähnte, zog einen Trenchcoat vom Haken, und meine Mutter rief: »Komm, Manfred, laß die fremden Mäntel hängen. Damenwahl!« Sie packte ihn, drängte ihn aus dem Schankraum, und er sträubte sich grinsend. Doch sie hob das Knie, wobei der Unterrock noch weiter hervorrutschte, gab ihm einen Pferdekuß, und dann öffnete Gino einen Sicherungskasten, drehte Licht und Lautsprecher an, und die beiden tanzten mit hochwirbelnden Hacken in den Festsaal hinaus. Alle sahen ihnen nach. Nur die Musiker zählten die Striche auf ihren Deckeln.

»Deine Mutter hat Pfeffer unterm Hintern«, sagte Pavel. »Gefällt mir.«

Er stand wie immer selbstgewiß gerade, und ich richtete mich etwas auf. Frau Karwendel leckte ihr Glas aus, Eierlikör.

»Wie meinst du das?« fragte ich. »Findest du, sie sieht gut aus?«

»Nein, das nicht. Oder doch. Auf ihre Art ist sie schön. Aber das ist nicht wichtig. Sie zieht die Männer an. Sie hat das gewisse Etwas.«

»*Meine* Mutter? Und das wäre?«

»Pfeffer«, wiederholte Pavel und drehte sich nach Frau Karwendel um. Die hatte uns ihre dicken Hände auf die Schultern gelegt. Hier und da war der Nagellack abgeplatzt, und sie lallte: »Gehts Buam, helfts mir halt amol nunter. I muß biesln.«

Ihre Füße baumelten über dem Boden, und als sie von der Sitzfläche rutschte, schlug der Hocker um. Wir zogen ihr den Rock zurecht, klopften etwas Asche vom Stoff, und sie blähte die Backen und stützte sich mit gespreizten Fingern am Wandpaneel ab. Verschwand in der Toilette.

Auch Frau Streep zog ihren Mantel an, ein hellblaues Popeline-Cape, und ließ sich von Gino Feuer geben. »Die rauch ich noch, dann bin ich weg. Wie abgehackt.«

Sie stellte sich zu uns, knabberte an der Unterlippe herum, schien besorgt. »Hört mal, Jungs, tut ihr mir einen Gefallen? Ich weiß ja nicht, was in euren Köpfen so vorgeht, will ich auch gar nicht wissen. Obwohl, naja, Mäuschen spielen möchte ich manchmal schon. Aber *einen* Gefallen müßt ihr mir tun. Versprecht ihr das? Ehrenwort? – Denkt bitte, bitte nicht schlecht von mir!«

Pavel nickte, strich ihr die verrutschte Strähne hinters Ohr und sagte: »Doch. Machen wir.«

Die Zigarette zwischen den gestreckten Fingern, hatte sie den Rauch zur Lampe geblasen und zuckte leicht zusammen. Wie von ihrer Frisur gebissen.

»Ist das wahr?« Sie sah uns an. Ihre geröteten Augen füllten sich mit Wasser, und sie hielt sich eine Hand vor den Mund. »Das stimmt nicht, oder?«

»Klar«, sagte Pavel, wendete sich ab und tat, als würde ihn das Schachspiel interessieren. »Ich glaube, Sie sind ein ganz schön verpimpertes Biest.«

»Wie bitte?!« Sie schien irgend etwas nicht fassen zu können. »Simon!« hauchte sie hinter ihren Fingern. »Similein! Ist das dein Freund?« Und zu Pavel: »Sind Sie sein Freund?«

Er nickte, und nun hob sie das Kinn. Der Haarturm machte sie einen halben Kopf größer. »Aha. Und was, haben Sie gesagt, soll ich zum Beispiel sein?«

Er wiederholte es nicht, grinste nur, und auch sie schmunzelte plötzlich, leckte sich die Lippen und sagte durch den Rauch: »Tja, da könntet ihr sogar recht haben, Jungs. Ich war immer ein Genußmensch. Und wenn der *Richtige* kommt, bin ich unersättlich.« Sie kniff ein Auge zu, eine Träne lief daraus hervor. Dann, mit einer Drehung zur Klotür und halb schon über die Schulter: »Aber jetzt leb ich erst mal in Scheidung.«

Das Lied war zu Ende, Herr Karwendel kam von der Tanzfläche. »Jessas!« stöhnte er. »Und ich wollte mich heut erholen.«

Er schabte sich den Schweiß mit einem Bierfilz von der Stirn, und meine Mutter trank einen Schluck von Ginos Wein. »Keine Müdigkeit vortäuschen, die Herren. Der nächste bitte!«

»Ohne Krimi geht die Mimi nie ins Bett…«

Sie wiegte sich schon wieder in den Hüften, sang das Lied mit und zog Pavel, rückwärts gehend, in den Saal. »Ohne Krimi tuts die Mimi leider nicht, leider nicht, und es brennt die ganze Nacht das Licht.«

»Das *ist* ein Teufel!« sagte Herr Karwendel. »Unverwüstlich.« Dann schob er Gino das Bierglas hin und sagte: »Zapf halt mal ordentlich. Da muß eine *Schaumkrone* drauf. So dicht, daß sie ein Fünfmarkstück trägt. Wir sind nicht in Palermo oder wo!«

»Bitterschön«, sagte der. »Versuch ich neu. Allora: Strippe, strappe, strulle, ist die Glase noch nicht fulle?« Und er drehte den Hahn bis zum Anschlag auf. Doch das Faß war wohl leer, man hörte nur ein Spritzen und Spucken.

»Finger weg!« rief Tante Friede, die kaum noch zu sehen war zwischen den Musikern. »Ich sag es zum letzten Mal! Da hinten kannst du die Hand lassen. Aber vorne im Ei hat sie nichts zu suchen.«

Herr Karwendel zog eine Zigarre aus seiner Hemdtasche, leckte daran und schob sie unter der Nase hin und her. »Wie schneid ich die denn an?« Eine Frage an Camillo. Doch der, ganz in das Spiel vertieft, schüttelte nur den Kopf und murmelte: »Wie Rosenkohl.«

Frau Karwendel kam von der Toilette. Sie war blaß, hatte sich aber frisch frisiert. Sie roch nach Kotze und Kölnisch Wasser, und ihr Mann half ihr in die Kostümjacke, an der eine große Brosche funkelte. Dabei schaute er in den Saal. »Das ist ein fescher Kerl, dein Freund. So hab ich auch getanzt, als ich jung war. Stimmts, Marie?«

Die stieß auf, verzog das Gesicht, schmeckte etwas Bitterem nach. »Wann soll denn des gwesen sein?«

Auch Frau Streep war wieder da und sagte: »Ich bin weg. Kommt jemand mit?«

»Na, wir alle!« rief Tante Friede. »Wir warten nur noch auf die Liesel.«

»Matt?« fragte der Wirt, und Camillo stand auf und küßte Frau Streep die Hand. »Gute Nacht, Signora. Ich habe gerade das Lokal gewonnen, wäre also keine schlechte Partie. Und mille grazie! Tausend Dank.«

»Huch! Wofür denn?«

Ruhig sah er sie an, ernst und sanft. Die Glatze glänzte, und der Bartschatten auf seinen Wangen war dunkel, fast blau. »Danke für den *Anblick*!«

Sie legte den Kopf schräg, die hohe Frisur, ließ das Cape schwingen und schloß kurz die Augen. »Oh Mann, du Arschloch. Kannste sowas nicht öfter sagen?«

Dann war das Lied zu Ende. Meine Mutter zog Pavel an der Hand aus dem Saal. »Nur schweben ist schöner. Und wen krieg ich jetzt?«

»Feierabend!« knurrte der Wirt. Er balancierte das Schachbrett mit den Glasfiguren an der Saaltür vorbei.

Gino schob Herrn Karwendel ein schön gezapftes, mit einer Schaumspitze gekröntes Pils in einem kleinen Weinbrandschwenker hin.

»Nein!« rief meine Mutter. »Noch einen!«

Auch Tante Friede stand auf, kippte ihren Futschi und zwängte sich zwischen den Glitzersakkos der Musiker vor. »Komm, Liesel, einmal muß Schluß sein. Wir sollten längst in der Heia liegen.«

Meine Mutter stampfte mit den Absätzen auf. »Nein, nein, *nein*! Ich will noch mal tanzen!«

»Die Männer sind müde.«

»Ach was, ich mach sie schon flott! Hab früher ganz andere Tiere auf Trab gebracht.«

Herr Karwendel lachte, und Pavel, das Bierglas am Mund, stieß mich an. »Los, Oller, schnapp sie dir.«

Unwillkürlich trat ich zurück. »Spinnst wohl. Warst du in der Tanzschule, oder ich?«

»Da ist was Wahres dran.« Herr Karwendel legte meiner Mutter einen Arm um die Taille. »Generationswechsel, Liesel. Den letzten Walzer des Abends mußt du mit deinem Sohn drehen.«

»Ausgerechnet!« sagte sie, schon wieder eine Juno zwischen den Fingern. »Mit dem?« Sie sah mich kurz von der Seite an. »*Kannst* du überhaupt tanzen?«

Alle blickten herüber, auch die Mitglieder der Kapelle drehten sich um, und der Wirt schaltete das Neonlicht ein. Camillo nickte mir aufmunternd zu, und ich grinste, wollte schon abwinken. Aber dann, nach einem Kratzen in den Lautsprechern und wie von fern, wie durchs Megaphon gesungen, hörte ich die vertraute Musik, John Lennons Stimme: »Is there anybody goin' to listen to my story...« Und ich hob den Kopf und sagte: »Na klar.«

Sie verzog die Mundwinkel, gab Gino ihre Zigarette, und wir gingen in den Saal. Er kam mir riesig vor.

Auf dem Boden silbernes Konfetti, zwischen den hochgestellten Stühlen volle Aschenbecher und schmutzige Gläser, in den Ecken die Standarten des Schützenvereins. Unter der Decke, unter einer Spiegelkugel, drehte sich ein Scheinwerfer, dessen rotes Licht die Schatten der unzähligen Hirsch- und Rehbockgeweihe an den Wänden wachsen und wieder verschwinden ließ. Meine Mutter blickte freundlich zu mir auf, korrigierte den Sitz meiner Hand an ihrer Hüfte und nickte mir zu. »Na denn. Du führst.«

Jemand schob die Saaltür etwas weiter auf.

»Schau nicht auf die Füße, halt dich gerade«, sagte sie leise, durch ihr Lächeln hindurch, und wir machten ein paar Schritte, es ging gar nicht so schlecht. Nur ihr Mieder unter den Fingern zu fühlen, das war mir etwas unangenehm.

»Eigentlich ist die Musik zu langsam«, murmelte sie.

»Wieso zigeunert ihr so spät noch durch die Gegend? Mädchen jagen?«

»Nein. Wir konnten nicht schlafen.«

»He, bleib im Rhythmus, ja! Nicht schlafen? In eurem Alter? Mein lieber Junge ... Ist diese Christa jetzt deine Freundin, oder was?«

Ich verneinte; sie umfaßte meine Hand fester.

»Und warum nicht? Die war doch gut! Sauber. Oder machst du dir am Ende mehr aus Männern?«

»Wie, aus Männern?«

Sie schüttelte den Kopf, zog mich an sich. Wir drehten uns. »Wüßte auch nicht, was daran schön sein sollte.«

Die anderen, Jacken und Mäntel über den Armen, warteten in der Saaltür, schauten uns zu. Frau Streep hatte sich bei Pavel eingehakt. Herr Karwendel hob sein Glas.

Ich trat meiner Mutter auf die Füße. »Danke«, sagte sie und drückte mich etwas weg. »Weißt du übrigens, daß Ginos Vater gestorben ist?

»Nein«, sagte ich und blickte wieder zur Tür. »Wann denn? Fährt er nach Neapel?«

»Bitte halt dich doch mal *gerade,* Junge! – Wohin? Wieso? Was sollte er da. Das macht den auch nicht wieder lebendig. Und kehrt...«

Ihre Hand entglitt mir, ich stolperte, war nun völlig aus dem Takt geraten, und wir standen in der Saalmitte, wiegten uns ein wenig auf der Stelle. Die spitzen Schatten der Geweihe wuchsen uns bis vor die Füße, verschwanden, kehrten zurück, und ich wartete darauf, daß meine Mutter uns wieder in Schwung brachte mit einem energischen Schritt. Ich schämte mich dafür, daß ich nicht einmal betrunken war. Doch sie lächelte mich an, ganz sanft, schloß kurz die Lider und sagte: »Komm laß uns aufhören, ja? Wird spät.«

Und dann nahm sie meine Hand, wie sie es noch nie getan hatte, verschränkte ihre Finger fest mit meinen und zog mich aus dem Saal. »Mitten im Lied?« fragte ich leise, wahrscheinlich unhörbar, und die anderen machten die Tür frei, tranken aus, bezahlten. Nur ein Musiker, der mit Tolle, sagte: »Na, war doch schon ganz gut.«

Camillo half ihr in den leichten Mantel, wobei er einen Ärmel mit den Zähnen hielt. Der Wirt stellte die Barhocker hoch, und Gino hakte Frau Karwendel unter und ging mit ihr hinaus.

»Arrivederci, Hans!« rief Tante Friede, schon hinter der Pendeltür, und meine Mutter schnippte mit den Fingern und sang: »Du hast den längsten ...« Sie stieß Herrn Karwendel mit dem Ellbogen an. »... Schritt beim Tanz.«

Der lachte auf und schob sie an den Hüften in den Windfang. Sie stolperte gegen die Tafel, Tagessuppe, und nach einem raschen Blick zur Eingangstür, die gerade ins Schloß fiel, umfaßte er ihr Gesicht und drückte Wangen und Mund mit einer Hand zusammen. Der Daumennagel war blauschwarz.

»Nein!« rief sie. »Hör auf jetzt, Manfred! Die Kinder!«

»Ach wo. Die ficken mehr wie wir.«

Sie drehte den Kopf weg, kniff die Augen zu, als hätte sie Schmerzen, und er drängte sich grinsend fester an sie, schob ihr die Hand in den Ausschnitt, drückte ein Knie zwischen ihre Beine. Das Kleid rutschte so hoch, daß ich die Strumpfhalter sah.

»Was ist denn?« sagte Pavel hinter mir. »Geh weiter!«

Doch die beiden verstellten den engen Windfang. Meine Mutter schlug nach dem Mann, ohne ihn wirklich zu treffen, trat ihm auf die Füße mit ihren Pfennigabsätzen, und er griff ihr in die Haare und zog den Kopf, ein Ruck, in den Nacken.

Sie konnte sich nicht mehr bewegen, stöhnte leise. Das Gesicht war rot, wäßrige Tusche lief unter den Wimpern hervor, und ich war wütend und hatte gleichzeitig Angst und wußte nicht, ob ich den Mann jetzt mit *Herr* oder mit *Onkel* Karwendel anreden sollte. Und während er sie in die Ecke drückte mit seinem ganzen Gewicht und sich über sie neigte, sah er mich aus den Augenwinkeln an und zwinkerte mir zu. Dann schob er ihr langsam die Zunge in den Mund.

»Weitergehen!« rief nun auch Camillo hinter mir, und draußen, unter den Kastanien, stellte sich meine Mutter vor Pavels Moped, drehte an dem Spiegel und richtete ihre Frisur. Sie spürte meinen Blick, erwiderte ihn aber nicht. Plötzlich blaß, kam sie mir viel jünger vor, ein verletztes Mädchen, beleidigt und trotzig zugleich. Sie malte ihre Lippen nach und hielt den vorübergehenden Gino am Sakko fest. Mit zitternden Fingern zog sie eine Zigarette hinter der schwarzen Binde an seinem Ärmel hervor, und er klappte sein Feuerzeug auf.

»He!« sagte ich. »Was soll das jetzt? Du willst doch wohl nicht rauchen?«

»Wie? Natürlich will ich.«

Ich schüttelte den Kopf. »Das machst du nicht! Nicht auf der Straße.«

»Bitte?« Sie zog die Brauen zusammen. »Was ist denn mit dir los? Wir leben im Jahr neunzehnhundertacht-und…«

»Das hat nichts mit dem Jahr zu tun! Eine Frau raucht nicht auf der Straße, fertig. Jedenfalls keine anständige.«

Herr Karwendel knöpfte sich den Trenchcoat zu. »Gut der Junge. Konsequent. Wo er recht hat, hat er recht.« Er verknotete den Gürtel vor dem Bauch und hakte sich bei seiner Gattin ein.

Meine Mutter, immer noch blaß, schüttelte den Kopf. Die anderen waren schon auf dem Bürgersteig, und sie steckte die Zigarette weg und murmelte etwas, das ich nicht verstand. Vielleicht bewegte sie auch nur die Lippen. Dabei starrte sie in irgendeine Gedankenferne, und Pavel, mit einem Kiesel, traf die Glühbirne zwischen den Bäumen. Wir standen im Dunkeln.

»Was für ein Trost«, sagte meine Mutter, »daß die Welt voller Idioten ist.«

Die dritte Fünf in Folge. Der Lehrer für Buchhaltung und kaufmännisches Rechnen hatte mir mitgeteilt, daß er meinen Eltern schreiben würde. Doch der Brief war noch nicht angekommen. Alle Kästen im Flur verstopft, in jedem Schlitz Prospekte derselben Firma. Ein Verlag warb für eine Lexika-Reihe, schwere, goldbedruckte Kunstlederbände, und lockte mit »bequemer Ratenzahlung« und einem Geschenk für jeden, der sich ein Buch, den »Grundstein Ihrer enzyklopädischen Bildung«, zur unverbindlichen Ansicht schicken ließ.

An dem Nachmittag, so grau und verregnet, daß ich immerzu gähnen mußte, klingelte es. Ruth und ihre Freundin Ellen standen vor der Tür. Beide trugen dieselben Hosen, Pepitamuster. Ruth hatte einen schwarzen, die blondgelockte Ellen einen weißen Rollkragenpullover an, und sie hielten mir ihre Schulblöcke hin. Bleistiftzeichnungen, Paul McCartney. Ich sollte entscheiden, welches Bild das bessere wäre.

Auf dem einen sah er aus wie ein schief gebackener Vierzigjähriger, auf dem anderen wie ein überfüttertes Kleinkind, höchstens vier, und ich sagte: »Prima! Beide gut.« Dann zeigte ich auf die Hosen der Mädchen. »Sehr chic. Neu?«

»Echt Trevira«, sagte Ruth und winkelte ein Bein an. »Mit Schlag. Und weißt du, was wir drunter anhaben?« Ellen, die einen silberweißen Lippenstift aufgetragen hatte, schlug ihr den Block auf den Kopf und zischte: »Hör auf, du Blöde!«

»Was denn?« fragte ich. »Zeigt mal.«

»So siehst du aus.« Ruth grinste. »Es sei denn, du zauberst uns was vor. Wir haben sturmfreie Bude.« Sie stieß ihre Freundin an. »Er kann richtig zaubern!«

»Na schön«, sagte ich. »Moment...«

Ich verschwand in meinem Zimmer, holte die nötigen Utensilien und drückte die Zigarette aus, die im Aschenbecher qualmte. Dann zog ich mir noch ein frisches Hemd an, das mit den langen Kragenspitzen, und ging hinüber. Die Nachbarwohnung stand offen, die Mädchen tobten und quietschten im Schlafzimmer, bewarfen sich mit Kissen.

Ich blickte mich um, hob rasch ein Deckchen an, eine Vase, unter der ein Fünfmarkschein lag, griff hoch, zog an der Lampenschnur und rief: »He! Hier spielt die Musik!«

Ruth, das Gesicht erhitzt, hechtete auf die Couch, daß die Federn krachten. Ihre Freundin blickte noch rasch in den ovalen Klappspiegel, zog sich den Pullover straff und atmete tief.

Ruth strahlte mich an. »Sie hat schon einen richtigen Busch!« flüsterte sie. Doch das hatte Ellen gehört. Die Zähne über der Unterlippe, schlug sie mit beiden Händen auf sie ein, und Ruth sprang hoch und warf ihr ein paar Illustrierte an den Kopf.

»Schluß jetzt!« rief ich. »Sonst ist der Zauber gleich futsch.«

Die Mädchen setzten sich nebeneinander, tranken abwechselnd aus einer Colaflasche, und ich hielt Ellen eine Karte hin und zeigte auf die rechte untere Ecke. »Was siehst du hier?«

Da war ein winziger verschnörkelter Silberlöffel auf blauem Samt abgedruckt, und darunter stand: »Gratis für Sie!«

»Reiß die Ecke ab«, sagte ich. »Genau an der Perforation. Ja, so. Und jetzt iß sie auf.«

»*Aufessen*?! Igitt. Das mach ich nicht.«

»Gib her«, rief Ruth und hatte das briefmarkengroße Stück Papier auch schon zwischen den Zähnen, kaute darauf herum und spülte es mit einem Schluck Cola hinunter. Dann rülpste sie, zeigte uns ihren aufgerissenen Mund, und ich nickte.

»Okay. Los gehts.«

Ich machte ein bißchen Hokuspokus mit den Händen und starrte Ellen so durchdringend wie möglich an. Sie saß sehr gerade, hatte den Kopf zur Seite geneigt und erwiderte meinen Blick mit spöttischem Grinsen. Hob aber doch die Brauen und öffnete langsam den Mund, als ich mir den Schnipsel aus der Nase zog und ihn vor ihr auseinanderfaltete: Der Löffel auf samtblauem Grund.

»Ach was, ihr verarscht mich doch!« murmelte sie. »Ihr steckt unter einer Decke.«

Ruth klatschte in die Hände, hopste auf dem Sofa herum, und ich sagte: »Na gut, wenn du glaubst, das ist ein fauler Trick: Bitte.« Ich schob Ellen Zündhölzer und einen Aschenbecher hin. »Verbrenn das Eckchen. Na los, weg damit.«

Sie tat es, und ich öffnete den Ofen und kippte die Asche in die Glut. Dann wieder etwas Abrakadabra, ein paar Zuckungen, ein tiefer Blick, und schließlich sagte ich: »Faß in die Lampenschale!«

»Was soll *das* denn jetzt!« sagte Ellen, stand aber auf, machte sich lang, und ich suchte vergeblich nach einer Sliplinie auf ihrem Po. »Na?«

Wieder wurden die Augen groß, grüne Augen mit bernsteinfarbenen Pigmenten, und sie starrte auf das Bild des Silberlöffels zwischen ihren Fingern. Die Nägel waren klar lackiert. »Wie kommt das dahin? Wie machst du das?«

»Das ist Magie!« rief Ruth. »Pure Magie. Und jetzt ziehst du die Hose aus.«

»Wer? Ich? Spinnst du?«

»Versprochen ist versprochen. Wenn er zaubert, darf er dich ohne sehen.«

»Dumme Pute! Das hab ich nie gesagt. Du *weißt* doch...«, zischte sie, unterbrach sich aber und nahm wieder Platz. Sie hatte plötzlich rote Wangen.

»Dann bist du nicht mehr meine Freundin.«

»Doch!«

»Das entscheide ich.« Ruth verschränkte die Arme. »Hau ab.«

»Nein, tu ich nicht.«

»Also runter mit der Buchse!«

Wir schwiegen eine Weile; ich hörte meinen Bruder im Treppenflur, den Klang seiner Stollen auf dem Terrazzo. Ellen starrte auf das Papierstück, kratzte sich nachdenklich beide Knie und mied meinen Blick. Sie kam mir jetzt atemlos vor, strich ein paar Locken hinter die Ohren, hielt die Haare unterm Kinn zusammen. Dann drehte sie sich der anderen zu und sagte bei zittrig geschlossenen Augen: »Du bist so gemein, weißt du ... Na schön. Vielleicht mach ich das. Ich zieh sie aus. Aber erst muß der noch mal zaubern.«

Ruth, die Arme immer noch gekreuzt, sah mich an, ich nickte, und ihre Freundin nahm das Eckchen vom

Tisch, beroch es kurz und kaute darauf herum. Dann, eine Hand auf dem Brustbein, schluckte sie es hinunter, verzog das Gesicht und spülte mit einem Schluck Cola nach.

»Kontrollieren«, befahl ich, und Ruth packte sie bei der Nasenspitze und blickte in ihren geöffneten Mund. Ich konnte keine einzige Plombe darin sehen, und sie fuhr mit dem schmutzigen Zeigefinger hinter Ellens geschminkten Lippen herum und sagte: »Okay.«

Ich hatte mir den Trick mit acht oder neun Jahren ausgedacht. Damals wollte ich Renate Gimpert heiraten, ein anderes Nachbarmädchen, ihrer dicken schwarzglänzenden Zöpfe wegen. Doch die schüttelte den Kopf, wollte mich nicht, auch nicht für später. Da nahm ich mir einen Stapel Prospekte und schnitt sie zurecht. Die Zettel waren gelb gewesen, mit einem winzigen roten Affen darauf, und nachdem ich vier oder fünf davon geschluckt, verbrannt, vergraben und aus der Nase, dem Ohr oder der Socke wieder hervorgezaubert hatte, kriegte sie den Mund nicht mehr zu, und wir heirateten. Mit selbstgeflochtenen Ringen aus Gras.

Ich schloß die Augen, murmelte etwas, das wie eine magische Formel klang, und dann nahm ich die Vase vom Schrank und drehte sie um: Das Bildchen, der Silberlöffel, gerade verschluckt, fiel Ellen in den Schoß.

Doch sie lächelte müde, mit einem Mundwinkel nur, zwinkerte ihrer Freundin zu – und zog sich mit ihren langen Fingern den anderen Schnipsel unter der Zunge hervor.

Meine Mutter rief mich, im Traum. Ich saß in einem Auto, und nachdem ich vor ihrer Stimme davongerast war, kam sie plötzlich aus dem Radio. »Laß mich in Ruhe«, murmelte ich. »Dein Nagellack ist die Hölle.« Grünlich schimmerten die Zeiger der Uhr, halb drei, und ich wußte momentlang nicht, was mich geweckt hatte. Tief im Kissen, hörte ich nur meinen eigenen Puls. Doch dann ein Poltern draußen, und ich richtete mich auf. Der Flokati-Teppich vor dem Bett war noch naß vom Tee, den ich am Abend verschüttet hatte. Unter der Tür ein nadelfeiner Lichtstreifen, und als ich sie öffnete, roch es nach Rauch und Alkohol. Ich rieb mir die Augen.

»Was macht *ihr* denn da?« sagte ich, erstaunt über meine tiefe Stimme. Vielleicht war ich zu benommen, um das, was ich sah, völlig ernst zu nehmen. Vielleicht war es auch zu ernst, um noch einen Schrecken hervorzurufen. Wie eingegossen in meine Müdigkeit, schien das Bild momentlang unbeweglich.

Meine Mutter trug ein neues schulterfreies Kleid aus tiefrotem Chintz. Sie kniete auf dem Küchenboden, stützte sich auf dem Stragula ab, hielt einen ihrer spitzen Schuhe in der Faust. Der Reißverschluß im Rücken war ein Stück weit geöffnet, der schwarze BH zu sehen, eine Laufmasche zog sich über die linke Wade. Sie hielt den Kopf geneigt, Speichel lief ihr aus dem Mund, zwischen den Händen glänzte eine kleine Pfütze. Leise wimmerte sie meinen Namen, wobei es einen krächzenden Unterton in ihrer Stimme gab. Betrunken.

Auch mein Vater, in seinem dunkelblauen Anzug, war

nicht nüchtern. Das Hemd stand offen, eine Kragenecke, an der mir etwas Lippenstift auffiel, war umgeknickt, seine Krawatte lag neben dem Mülleimer. Die neuen Schuhe aus geflochtenem Leder knarrten noch; sie waren braun, paßten nicht gut zu dem Anzug. Schwankend stand er über meiner Mutter, hielt ihren Hals umklammert und biß, ich sah es am Zucken der Wangenknochen, die Zähne zusammen. Seine Arme zitterten leicht. Der ganze Küchenboden war übersät von Perlen.

An dem Transistorradio glühte die Kontrollampe; es spielte aber nicht, rauschte nur. Der Käfig auf dem Schrank war zur Hälfte mit einem Tuch verhängt, der Futternapf stand auf dem kalten Kohleherd, neben einer angebrochenen Packung Trill. Mein Vater atmete schwer, und das Würgen, Spucken und Ächzen seiner Frau klang, als würde er ihren Hals fest zudrücken, immer fester, ein für allemal. Doch ich wußte, daß er das nicht wirklich tat.

Ich wußte es. Ich langte nach dem Radio, um es auszuschalten, drehte es versehentlich auf. Mein Vater konnte das Gleichgewicht nur mit Mühe halten und wollte offenbar vermeiden, über sie zu fallen. Stützte sich also nur ab. Denn auf ihm, eine Hand in seine Wange, die andere in die wirren Haare gekrallt, hing mein kleiner Bruder und stieß ihm schreiend und flehend die Knie ins Kreuz. Er trug meinen alten Schlafanzug, den geflickten. »Laß die Mutti los! Bitte, laß sie *los*!«

Im Radio Roy Orbinson, ein schmachtendes Lied, die

Stimme höher als die Geigen, und schließlich gelang es meinem Vater, sich aufzurichten. Er fand am Besenschrank Halt, drehte sich um, schüttelte Traska ab wie eine Jacke. Der schlug gegen den Herd, den Kohlenkasten, kroch weinend in den Flur.

Auch auf dem Handrücken war Lippenstift, und mein Vater verrieb ihn mit seinen schwieligen Fingern. In dem Anzug gefiel er mir gut, trotz der müden, von der Arbeit gebeugten Körperhaltung. Die Stirn glänzte, wie oft wenn er getrunken hatte, doch die Augen waren seltsam klar, das Weiße so weiß wie die Lidränder schwarz. Meine Mutter, immer noch auf allen vieren, sammelte ihre Perlen ein, tat sie in den Schuh, und er hob den Kopf und starrte mich an. »Mein Gott ... Was soll ich denn jetzt machen?«

Unter den Akazien wartete Pavel. Er trug seine Lee und ein hellblaues Hemd, hatte sich den Pullover locker um die Schultern gelegt, und als ich mich zu ihm aufs Moped setzte und eine Zigarette aus seiner Schachtel zog, blieb Christiane Schneehuhn stehen. Die Schultasche mit beiden Armen vor der Brust umklammert, betrachtete sie das Moped. Es funkelte frisch poliert. Dann musterte sie Pavel. Dann mich. Dann wieder Pavel. Aber als wir nichts sagten, kein Wort, hob sie das Kinn und ging durch das Nachmittagslicht davon.

»Das war sie also«, murmelte er. »Nicht schlecht. Kann man vorzeigen.« Er gab mir Feuer. »Aber ich würde sagen, sie hat Probleme mit der Aufhängung.«

Er fuhr langsam an den Bushaltestellen voller Schulmädchen vorbei, bog in die Innenstadt, und wir hielten vor jedem Kinokasten und betrachteten die Bilder. Überall Aufklärungsfilme. Doch auf den meisten Fotos trugen die Frauen enge Rollkragenpullover, Miniröcke und kniehohe Stiefel. Oder sie lagen unter Laken, die Arme vor der Brust verschränkt, und blickten schmollend auf den Mann, der ihnen schon wieder den Rücken zugedreht hatte.

Schließlich hielt Pavel vor dem Schaufenster einer Motorradhandlung und studierte lange die einzelnen Maschinen. Ich fand die Preise kränkend, doch er schien sie gar nicht zu sehen. Er ging über die kleine Rampe in den Laden, setzte sich auf eine Moto Guzzi und grinste mich durch die Scheibe an. Ich hob die Faust, reckte den Daumen.

Ein Verkäufer in einem blauen Kittel kam aus der Werkstatt hinter dem Tresen. Er wischte sich die Hände an einem Lappen ab und erklärte Pavel Details der Maschine. Der, ohne abzusteigen, erwiderte etwas, tippte an den Motorblock, sah zu dem Mann auf. Dabei fiel ihm eine honigfarbene Locke ins Gesicht. Der andere nickte, zog eine Zange aus der Tasche, drehte an einer Mutter, und Pavel öffnete den Tank. Beide blickten hinein, ihre Köpfe stießen zusammen, der Verkäufer wurde rot, wischte ihm mit dem Ärmel etwas Öl von der Wange. Lachend schoben sie die Guzzi vom Bock.

Pavel ließ sie von der Rampe rollen, band sich den Pullover um die Hüften und zwinkerte mir zu. Und der

Verkäufer, der wohl davon ausging, daß er achtzehn war und einen Führerschein der Klasse eins besaß, blickte auf die Uhr und sagte: »Eigentlich müßte *ich* da hinten sitzen. Hab noch eine Harley vor der Brust. Naja. Seid zärtlich mit dem Gas, Jungs. Das geht Rubbel-die-Katz!«

Der Rücksitz war bequem wie ein Sessel. Auf den ersten Metern ließ Pavel die Beine in der ausgestellten Hose noch neben den Pedalen hängen. Dann schaltete er in den zweiten Gang, und Häuser, Bäume, Blumenbeete schienen wegzugleiten. Ich fühlte ein Ziehen in den Eingeweiden, drehte den Kopf, um atmen zu können, schloß die Augen. Und als ich sie wieder öffnete, war vor uns nur noch Himmel.

Pavel überholte alles, und bei der Geschwindigkeit kam mir die Maschine gar nicht laut vor. Doch unter den Brücken war sie reines Gebrüll. Die großen blauen Schilder über uns, die Ausfahrten, Einfahrten, Autobahnkreuze wechselten so schnell, daß ich die Orientierung verlor, und irgendwann, nach einer Wettfahrt mit einer Frau in einem offenen Porsche, bei der sie ihr Halstuch verlor, drosselte er das Tempo und schrie: »Was ist, Oller? Mußt du kotzen?« Doch mir war überhaupt nicht übel.

Er fuhr eine Raststätte an, wir tranken Kaffee, und ich zog ein Papiertuch aus dem Wandhalter, wollte ihm den Staub und die winzigen Fliegen von Stirn und Wangen wischen. Doch er nahm es mir weg und machte es selbst. Wir waren irgendwo bei Wuppertal, und nachdem er getankt hatte, bog er von der Autobahn und ließ die Maschine langsam über gewundene Landstraßen rollen, an schiefergedeckten Fachwerkhäusern vorbei, durch alte Wälder. Es war hügelig hier, manchmal sogar steil, und obwohl die silbergrauen, an den Wetterseiten bemoosten Stämme weit auseinander standen, sah man selten den Himmel. Das Grün in der Höhe schien hell wie Licht.

Eine Quelle fiel von einem Felsen, ein dünner Strahl, der nirgendwo ankam. Das Wasser versprühte über unseren Köpfen. Der Motor brummte jetzt nur, manchmal tuckerte er, und im Tal war seit einiger Zeit Musik zu hören, eine Lautsprecherstimme. Wir sahen Lichter zwischen krummen Eichen und Gestrüpp, rote und gelbe Glühbirnen, dann einen weiß gekalkten Mast mit einem zerfetzten Holzadler an der Spitze, und nach der nächsten Biegung standen wir vor einem Rummelplatz im Wald. Die meisten Stände waren noch geschlossen, hinter Planen. Doch der Autoscooter, ein Imbiß mit Bierausschank und eine Schießbude hatten geöffnet.

Einige Rocker, Luftgewehre im Anschlag, drehten sich nach uns um, und die Frau an der Kasse, sie hatte die Hände voller Gipsröhrchen und hielt zwei Plastikrosen im Mund, duckte sich rasch unter den Läufen hindurch. Wir stellten die Guzzi auf den Parkplatz und gingen über den Schotter zum Imbiß. Pavel bestellte sich zwei Currywürste, ich mir eine Portion Pommes, rot-weiß. »Quatsch!« sagte er und bestellte noch mal Würste. Und zwei Bier.

Ein Lied von Graham Bonney wurde gespielt, und wir setzten uns auf die Stufen zum Autoscooter, aßen, tranken und schauten zu dem Motorrad hin. Der Auspuff und die verchromten Schutzbleche spiegelten das Baumlaub wider, und auf dem bulligen braunen Tank mit der silbernen Herzfläche glitzerten noch die Wassertropfen von der Quelle. Ein Spatz hüpfte über den Schotter und durch die Speichen des Vorderrads, und Pavel, mit vollen Backen, schüttelte langsam den Kopf.

»Oh, Mann!«

»Wie gehts bei euch?« fragte ich. »Was macht dein Vater?«

Er zuckte mit den Achseln, spießte ein Wurststück auf.

»Keine Ahnung. Betrete das Haus nicht mehr.«

»Aber ihr arbeitet doch in derselben Maschinenhalle!«

Er verneinte, eine kurze Bewegung mit der Plastikgabel.

»Nicht mehr. Hat sich versetzen lassen.«

Dann stand er auf, holte noch eine Frikadelle für jeden, und als wir die Bierflaschen ausgetrunken hatten, stieß er mich an und sagte: »Und jetzt eine Runde Autoscooter!«

Ich kaufte die Chips, und er suchte sich einen rot und gelb geflammten Wagen aus. Ich stieg in einen schwarzen. Die Fläche war voll von Jungen und kreischenden Mädchen, manche hatten noch Schultaschen dabei. Aber auch ein paar Mütter und Väter fuhren vorsichtig mit ihren Kleinen herum. Und die Rocker rammten sich immer wieder in die Ecken. Einem fiel dabei die Schnapsflasche aus der Hand, ein Flachmann, der über die Stahlstufen in eine Pfütze glitt.

»Ich verstehe das überhaupt nicht!« sagte ich, als wir

nach mehreren Runden zum Parkplatz gingen. Jetzt war mir endlich wieder schlecht. Ich hatte einen sauren Geschmack im Mund und hielt mir den Bauch. »Wieso muß man immer so teuflisch gegeneinanderdonnern da!«

Pavel runzelte die Brauen, grinste mich ungläubig an.

»Naja, ich meine, warum kann man nicht einfach *fahren*. Im Uhrzeigersinn, oder so.«

»Ist das dein Ernst?« Er schüttelte den Kopf, legte mir einen Arm um die Schultern. »Ich glaubs fast, oder? – Mensch, Oller! Zum Rempeln sind die Kisten doch *da*! Wozu sonst die Gummipuffer?«

Ich stieg auf den Sitz, rieb mir den Nacken und murmelte: »Tja, stimmt schon. So hab ich das noch gar nicht gesehen.«

Als er die Maschine startete, kam mir der Wald eine Sekunde lang unheimlich vor, voll versteckter Schluchten, tiefgrüner Schatten und nie gehörter Echos. Die Rocker am Bierstand, allesamt bärtig, drehten sich um. Einer hob ein Schnapsglas, der Klare blitzte im Abendlicht, und Pavel erwiderte den Gruß mit einem Nicken und fuhr langsam vom Platz.

»Na?« fragte der Verkäufer und wischte sich die Finger an dem öligen Lappen ab. Erste Laternen gingen an, und er schob das Motorrad die Rampe hoch. »Was sagt der Onkel in Holland zu dem Stück?«

In der Poststation gähnende Leere, Musik vom Band. Niemand tanzte, und der Diskjockey saß am Tresen und löste ein Kreuzworträtsel. Wir gingen kurz durch, zum Pinkeln, und Pavel schaute mir auf die Finger und fragte: »Noch in die Gurke? Mal sehen, obs neue Gesichter gibt?«

»Gesichter!«

Aber die kleine Sackgasse war fast dunkel, nur eine Frau saß in dem rot ausgeleuchteten Schaufenster und sah nicht auf. Sie hielt einen Pudel im Schoß, las einen Roman. »Bei der war ich gestern«, murmelte er, und ich drehte mich um.

»Mein lieber Scholli. Hast du zuviel Geld?«

Er grinste. »Zuviel Samen.«

Wir fuhren nach Hause. Pavel schob die Zündapp in die Einfahrt, ich schloß den Zaun. Er war mit neuen Beschlägen und noch ungebeizten Latten ausgebessert, und wir gingen durch die Garage. Der Ford roch frisch gewachst. Ich öffnete die Tür zum Garten, bückte mich, stieß mir aber trotzdem den Kopf an einem Ast und verfluchte die Apfelbäume. »Die wachsen zu langsam!« zischte ich, und Pavel legte einen Finger an die Lippen. Über dem Kellereingang, auf der Fensterbank des Wohnzimmers, brannte noch ein kleines Licht, eine Gondel aus Glas, und er zog den Reißverschluß auf.

Im Vorzelt hingen gebügelte Hemden, Hosen, Jacken. Auf dem Campingtisch lagen ordentlich gestapelte Pullover und T-Shirts, und darunter waren seine Schuhe aufgereiht, alle geputzt und poliert, sogar die Arbeitsstiefel mit den Kappen aus Stahl. Am Kopfende der Matratze stand ein kleines Regal voller Kekse, Saft, Konserven, und auf der Tagesdecke aus weichem Cord lagen ein paar Tafeln Schokolade und ein Marzipanbrot. Wir zogen uns aus, und Pavel steckte sich noch eine Zigarette an.

»Warum brennt da die kleine Gondel?« flüsterte ich. Das Licht war immerhin so stark, daß wir die Katze, ihre Silhouette, vorbeistreichen sahen. – »Damit ich nicht hinfliege, wenn ich zum Klo in den Keller muß«, sagte er und zog meinen Schlafsack zu. »Also, träum schön.«

»Gleichfalls.« Ich gähnte. Pavel blies mir etwas Rauch ins Gesicht, versehentlich wohl. Das kribbelte in der Nase. Und plötzlich war es so still – mein Puls pochte in den Ohren. Ich lauschte, hielt den Atem an und wartete darauf, daß er auf sein Kissen sank. Doch er rührte sich nicht. Er war sehr nah.

»Was ist?« flüsterte ich, ohne die Augen zu öffnen. Doch meine Lider zitterten. »Bist du nicht müde?«

»Doch, doch.« Er war ganz ruhig und entspannt, und das machte seine Stimme tiefer als sonst. »Mir fiel grad ein, was du auf der Kirmes gesagt hast. Vor dem Auto-scooter.«

»Ach so.«

Ich zuckte zusammen. Die Katze war von einem Ast auf die Plane gesprungen. Ich sah ihre Tatzen, dachte an die Krallen und wartete vergeblich darauf, daß Pavel etwas hochwarf, wie immer, oder sie mit einem Zischen verscheuchte.

»Oller?«

»Hm?« Das Tier lagerte sich über uns hin und schnurrte.

»Sei mir nicht böse, hörst du.« Er räusperte sich. »Ich

weiß, du willst pennen. Aber ich hab da noch ein … Problem.« Eine Wange auf die Faust gestützt, sah er mich wohl an; ich konnte die Augen nicht erkennen. »Vielleicht hältst du mich ja für bekloppt oder pervers oder so, aber ich möchte dich jetzt mal küssen. Hättest du was dagegen?«

Ich schluckte hart, es tat weh in der Kehle, und schüttelte den Kopf. Oder glaubte ihn zu schütteln. Und sagte schließlich: »Naja…« Ich war wirklich heiser, tastete nach der Saftflasche, die irgendwo zwischen uns gelegen hatte, streifte versehentlich Pavels Knie. »Im Prinzip nicht. Aber in diesen Currywürsten, weißt du, da war verdammt viel Knoblauch. Und in der Frikadelle sowieso.«

Er zog noch einmal von der Kippe, blies den Rauch steil hoch und drückte sie irgendwo aus. »Versteh schon. Aber ich glaub, das ist mir jetzt mal egal.«

Dann strich er mir über die Haare, neigte sich langsam herunter und küßte mich. Seine schmalen Lippen waren erstaunlich hart, und ich starrte zum Zeltdach hoch und fragte mich, ob ich jetzt irgend etwas tun oder ihn irgendwo berühren müßte. Ich hob beide Hände, ließ sie aber wieder sinken. Der Schatten der Katze war so deutlich, daß ich die rhythmische Bewegung der Flanken erkannte.

Es dauerte nur ein paar Sekunden, dann ließ er sich auf sein Kissen fallen und atmete tief. Ich wollte mir gleich über die Lippen wischen, dachte aber, daß ihn das beleidigen könnte; ich trank einen Schluck, schob mir ein Stück Marzipan in den Mund und tat es verstohlen.

»Tja«, murmelte er. »Das hätten wir also auch.«

»Und?« fragte ich kauend. »Wars das?«

Er schwieg eine Weile, warf einen Schuh hoch. Zu lasch. Die Katze blieb liegen. »Ich hoffe, ich kränke dich nicht...« Gähnend griff er nach der Flasche. »Wollte es halt mal probieren. Aber der *Bringer* war es nicht gerade. Und für dich?«

»Hm.« Ich schloß die Augen, ließ etwas Schokolade schmelzen. Zartbitter. Dann drehte ich mich um und krümmte mich in meinem Sack zusammen. »Dein Haar riecht gut. Aber mit Mädchen ist es irgendwie ... Ich weiß nicht. Du kratzt ein bißchen.«

Meine Mutter kam an den Tisch. Sie trug eine weiße Schürze, unter der die Geldbörse hing. In den engen schwarzen Pullover waren Silberfäden gewebt, und der Büstenhalter darunter war lächerlich spitz.

»Wie schmeckt der Gulasch?«

Sie nahm Platz, steckte sich aber keine Zigarette an. Sie drehte einen Kugelschreiber zwischen den Fingern. »Lotto, Toto« stand darauf.

»*Das* Gulasch«, sagte ich.

»Ach so, ja.« Sie stellte mein Bierglas von der Decke auf den Filz zurück. »Du ißt alles, oder? Mit dir hatte ich nie Probleme. Auch nicht, wenn es Nudeln mit Zucker gab. Der Kleine dagegen ... Ich brauchte nur Spinat zu *sagen*, da war schon die Hölle los. Unglaublich. Wie gehts in der Schule?«

»Das interessiert dich doch gar nicht.«

»Ach, Junge ... Natürlich! Wieso sollte mich das nicht interessieren? Möchtest du wirklich mal Kaufmann werden?«

Ich zuckte mit den Achseln.

»Nein, das glaube ich nicht. Du bist keine Krämerseele. Aber ein Malocher steckt auch nicht in dir, oder? Was wirst du denn nun?«

»Italiener«, sagte ich, und sie schmunzelte, schlug nach mir mit dem Kugelschreiber.

»Früher, so mit zehn oder elf, wolltest du ins Kloster, zur Priesterausbildung, weißt du noch? Weil dir der Kaplan so gefiel. Immer in Schwarz, immer allein...«

»Also, was ist«, sagte ich. »Willst du dich scheiden lassen?«

Sie starrte mich an, als hätte ich sie unter dem Tisch getreten. Und sah im nächsten Augenblick schon wieder durch mich durch. Dann atmete sie lange aus.

»Wer redet denn gleich *davon*«, flüsterte sie, und ihre Augen wurden feucht. Sie knickte den Zeigefinger, malte mit dem Knöchel unsichtbare Muster auf den Tisch. Hinter dem Weinlaub aus Papier glühten die Lichter der Spielautomaten. Ein Mann in einem weißen Hemd warf Münzen ein. Ich betrachtete die Manschette, den Knopf, einen kleinen Knoten aus Gold.

»Wir hatten ja auch gute Jahre, weißt du.« Sie zog das Taschentuch aus dem Ärmel. »Wir waren auch glücklich. Manchmal denke ich, es ist das verdammte Geld. Ich meine, jetzt haben wir auch noch Schulden, die Schrankwand, der Fernseher... Aber im Gegensatz zu früher? Ich wollte ja alles auf Raten, ich Blöde, und die haben uns immer gleich den Lohn weggefressen. Was mußten wir uns nicht ausdenken, um euch durch die Woche zu kriegen! Das war schon eine Umstellung, vom Land hierher, plötzlich mußtest du jede Zwiebel bezahlen. Papas Feierabendbier hab ich ins Einmachglas gekippt und dich mit der leeren Flasche geschickt, damit du fürs Pfandgeld ein Ei bringst, weißt du noch? Und immer wieder Maggibrühe mit gerösteten Brotwürfeln. Und der Mann ist mit nichts als Rama und Salz auf dem Dubbel für zehn Stunden unter Tage. Mein Gott. Aber trotzdem war das die irgendwie ... schönere Zeit. Wir hielten zusammen, und eine Tasse Pfefferminztee war ein Fest.«

»Na, dann hau doch ab jetzt«, murmelte ich.

»Ach, Simon. Werd endlich mal ernst.« Sie schniefte, putzte sich die Nase, und der dicke Kellner, ein Tablett in Kopfhöhe, blieb stehen. – »Ist nichts, Herbert!« sagte sie durch das Taschentuch hindurch. »Wir frischen ein paar Erinnerungen auf.«

Der Mann blickte auf seine Armbanduhr und ging weiter. Hinter dem Laub summten und klickerten die Automaten, eine kleine Gewinnsumme ratterte ins Fach.

»Weißt du, daß der Gino wieder nach Italien zieht?«

Ich schüttelte den Kopf.

»Doch, hat er vor. Schon bald. Er will dir sein Rennrad schenken.«

»Und du möchtest mit?«

Sie biß sich auf die Unterlippe, ließ den Kopf hin und her pendeln. »Das überlegen wir eben. Er muß sein

Erbe antreten. Der Vater hatte einen kleinen Weinberg, Oliven, etwas Vieh. Und sein älterer Bruder ist in einer Firma in Turin und will da nicht weg. Also...? Wußtest du übrigens, daß Oliven an Bäumen wachsen? Ich dachte immer, das wären Sträucher. Die haben richtige Bäume, diese kleinen Dinger.«

Ich nickte. »Na prima. Da kannst du ja gleich den Melkschemel mitnehmen.«

Sie lachte, unter Tränen. »Doofmann. Das wirst du nicht erleben. Die haben doch keine Kühe da! Oder?«

»Aber Gülle und Ziegenkacke. Und jede Menge Mafia. Und keine asphaltierten Straßen, keine Gaststätte Maus...«

Sie schwieg, betrachtete ihre Hände. Mit der spitzen Hülle des Kugelschreibers schob sie die Nagelhaut an manchen Fingern so weit zurück, daß unlackierte Stellen zum Vorschein kamen. Ich konnte das nicht sehen, nahm ihr den Stift weg.

»Als ich in deinen Vater verliebt war, wollte ich zehn Kinder«, murmelte sie. »Ich war ja verliebt. Mama mia, das hätte was gegeben. Furchtbar, im Grunde.«

Hinter dem Weinlaub wurde ein Streichholz angerissen. Rauch kam durch die Blätter, Zigarrenrauch, und ich starrte auf den verschmierten Teller, das Flackern der Lichter im Fett. Der Spielende schlug mit der Faust auf die Tasten mit den Obst-Symbolen, und meine Mutter sah mich an, legte ihren Handrücken kurz an meinen. – »Du mußt nicht traurig sein, hörst du. Das Leben geht weiter. Jemandem auf Biegen und Brechen treu zu sein, ist zwar schön und gut. Singen ja sogar die

Schlager. Aber es kann auch heißen, die Liebe zu verraten. Denk mal drüber nach.«

Ich war nicht traurig, nicht mehr als sonst. Es fiel mir sogar schwer, sie ernst zu nehmen mit diesem BH unter dem Pullover. Er lag öfter auf ihrem Bett, und einmal hatte ich herausfinden wollen, womit er so spitz ausgestopft war; und es doch nicht fertiggebracht, ihn zu berühren.

»Du meinst also, ich soll es nicht machen, Simi? Was meinst du? Der Gino würde mich sofort mitnehmen.«

Ich trank mein Krefelder aus. Sie nahm mir den Kuli wieder ab und wartete. Doch ich sah sie nicht an und sagte halb in das leere Glas hinein: »Weiß nicht. Bleib hier.«

Sie nickte zwar, aber ich war nicht sicher, ob sie die letzten Worte gehört hatte. Sie schneuzte sich laut und stand auf, richtete die Schürzenschleife auf ihrem Rükken. – »Ach Gott, was belatschere ich euch mit meinem Zeug. Sowas muß man doch allein entscheiden. Fahr nach Hause, ja? Dein Bruder soll sich das Essen *warm* machen, bitte. Ich will nicht, daß er die Nudeln immer kalt runterschlingt!« Sie zeigte auf die Mark neben dem Aschenbecher. »Und denk dran, dem Herbert das Trinkgeld zu geben.«

Dann stellte sie mein Geschirr zusammen und nahm es mit hinter den Tresen.

Kurz darauf kam der Kellner an den Tisch und fragte wortlos, nur mit einem Fingerzeig auf mein Glas, ob ich noch ein Bier wolle. Ich schüttelte den Kopf, und er sah mich ernst und forschend an.

»Auch Schule macht müde, was?«

Ich nickte.

»Ja, sowas soll man nicht unterschätzen. Habt ihr wenigstens paar nette Mädels in der Klasse?«

»Es geht«, sagte ich. »Kennen Sie Anuschka von Prinze? Die war Schönheitskönigin in der Poststation. Und auch Christiane Schneehuhn kann man vorzeigen. Aber die anderen haben noch Schwierigkeiten mit der Aufhängung, wenn Sie verstehen, was ich meine.«

Er runzelte die Brauen, nahm mein Glas und schob die Münze, die ich ihm hingelegt hatte, wieder zurück. »Tut mir leid, das ist zu hoch für mich. Schönheitskönigin, immerhin ... Und das Geld hier spar dir, Junge.« Mit dem Bierfilz wischte er ein paar Krümel vom Tisch und murmelte im Davongehen: »Dann kannst du dir mal 'n Haarschnitt leisten.«

Die Vögel waren still. Die meisten hielten sich im hinteren Teil der großen Voliere auf und hüpften von Ast zu Ast, ein rastloses, fast rhythmisches Auf und Ab und Kreuz und Quer, wie eine Spieluhr ohne Ton. Die Stille war bedrohlich, ebenso der fremde Geruch im Raum, süßlich und beißend zugleich, und manchmal flog einer der Kanarienvögel, oft ein weißer, aus dem Halbdunkel durch das schräg einfallende Licht bis zur Tür. Klammerte sich fest an den feinen Maschen und beäugte die Ecke über dem Kohlenhaufen.

Dort, wohin keine Sonne kam, hing ein neuer Käfig, ein großes verbeultes Ding aus dickem Kupferdraht, hier

und da mit roter Wäscheleine geflickt oder von ihr zusammengehalten. Der Blechboden, auf dem eine Tasse
voll Wasser stand, war mit Brettern ausgebessert und
das rostige Tor mit einem Schraubenzieher verriegelt.
Über dem Griff hing ein Lederhandschuh, ein anderer
lag auf dem Dach.

Schaltete man die Neonröhre nicht an, war das Tier in
dem Käfig auf den ersten Blick nicht zu erkennen, es
hockte bewegungslos im dunkelsten Schatten. Dann
sah man schon eher die Sitzstange, die dick verklumpt
war von kalkweißem Kot. Man hörte es nicht, sah keine
Bewegung, nicht einmal die des Atems, und nur manchmal, wenn einer der Kanarienvögel gegenüber an den
Spiegel stieß, huschte ein Sonnenreflex über das braun-
graue Gefieder oder die starren Augen, die einem angst-
voll erschienen und gleichzeitig brannten vor Haß.

Ein Falke, unter dem Förderturm der Zeche gefunden
und in der Ledertasche, zwischen Brotdose und Thermosflasche, nach Hause gebracht. Das linke Bein war
dick umwickelt, eine Bandage, die alle paar Tage er-
neuert werden mußte, weil er sie immer wieder abriß.
Schon das Tier aus dem Käfig zu kriegen konnte eine
scheppernde halbe Stunde dauern. Mein Vater hatte tief
zerkratzte Unterarme, zog sich aber niemals Hand-
schuhe an. Die trug ich, während ich dem Vogel, bewegungslos in seinem Griff und mit einem Tuch geblendet,
das Bein umwickelte – mit demselben breiten Isolier-
band, das Elektriker zum Kabelflicken verwenden. Der
Bruch schien glatt zu heilen.

Dann war ich doch froh, wieder aus dem Keller zu kommen, und verstand die Beschwerden der Nachbarn gut. Der Käfig konnte nicht gereinigt werden. Außerdem rührte der Vogel frisches Fleisch nicht an. Erst wenn es grau wurde und ekelhaft stank, nahm er es zwischen die Krallen und hackte sich Fetzen ab mit dem gelblichen Schnabel. Dabei stieß er oft Schreie aus, ein heiseres Schrillen, das die Singvögel aufrauschen und wild durcheinander flattern ließ. Manche, besonders die Jungen, flogen geradewegs gegen den Draht und stürzten in den Sand, wo sie sich aufplusterten vor Angst und davonwatschelten wie kleine Kinderbuchfiguren.

Ich blätterte in der Sonntagszeitung, wartete auf Pavel. Meine Eltern hatten sich hingelegt. Traska saß auf dem Sofa und löste das Bildrätsel in der Fernsehzeitschrift. Er war barfuß, trug seinen Trainingsanzug und lutschte eines der Zitronenbonbons, die in der Glasschale auf dem Tisch standen.

»Kannst du mal mit dem Schlürfen aufhören, bitte.«

Er antwortete nicht, blinzelte in den Nachmittagshimmel, und ich versuchte mehrmals, einen Artikel über das Stones-Konzert in der Grugahalle in Essen zu lesen. Doch ich kam nie über den ersten Satz hinaus. »Wer heutzutage glaubt, Musik hätte etwas mit Harmonie...« Schließlich schaute ich nur die Fotos an. Umgestürzte Kassenhäuschen, zerschlagene Stuhlreihen, eingedrückte Fensterfronten.

Leise wurde die Tür geöffnet, und meine Mutter schlüpfte auf Zehenspitzen aus dem Schlafzimmer. Sie hatte ihr Feuerzeug und die Zigaretten in der Hand und setzte sich auf den Sessel neben dem Aquarium. Obwohl der Morgenrock bis zum Hals geschlossen war, raffte sie ihn vor der Brust zusammen und murmelte: »Immer diese Pennerei am Sonntag. Nachts kriegt man dann kein Auge zu.«

Sie war höchstens zwanzig Minuten in dem Zimmer gewesen, und ich blickte zu Traska hinüber. Der sah nicht auf von seinem Rätsel, hob aber eine Braue. Er zerbiß das Bonbon.

Meine Mutter saß so aufrecht, daß es mir trotzig vorkam. Die kalte Zigarette in der einen, das Feuerzeug in der anderen Hand, starrte sie eine Weile aus dem Fenster. Dabei stülpte sie, wie oft, die Unter- über die Oberlippe. Dann war sie entweder ratlos, oder sie hatte einen herben Entschluß gefaßt. So oder so sah ich immer etwas von dem Mädchen mit den schweren schwarzen Zöpfen in ihr. Sie wollte offenbar mit uns sprechen, fand aber den Anfang nicht.

Die Tischplatte aus poliertem Kunststein verdunkelte sich einen Moment, die Sonne verschwand hinter Wolken und schien dann um so strahlender. Ich sah auf, und Traska nickte, immer wieder, die Spitze seines Kugelschreibers pickte leicht gegen das Illustriertenpapier. Dabei atmete er zittrig ein und aus.

»Er träumt«, flüsterte meine Mutter. »Stoß ihn mal an.«

Doch das brauchte ich schon nicht mehr. Bevor ich über den Tisch gelangt hatte, schreckte er zusammen, blickte uns an und fragte: »Hm? Was ist?«

»Nichts«, sagte sie mild und schloß einmal kurz die

Augen. »Du hast geträumt.« Dann steckte sie ihre Zigarette an.

Es bewölkte sich wieder, nur das Säuseln des Sauerstoffs im Aquarium war zu hören, und ich betrachtete lange das Gesicht von Brian Jones, dieses Lächeln voll Güte und Ironie. Er schien irgend etwas zu wissen, was keiner wußte. Es war vielleicht nicht geheimnisvoll, aber auch nicht zu erklären, es kam aus dem Innern der Musik, und ich drehte mich um, zeigte zur Wanduhr und fragte: »Geht die richtig?«

Meine Mutter, ohne aufzusehen, nickte. Sie hatte die Beine übereinandergeschlagen, blies den Rauch langsam durch die Nase und starrte gedankenverloren auf ihre Pantoffeln, den hellblauen Plüschbesatz. Auch die Zehennägel waren lackiert, eine Spur dunkler als die der Finger.

Ich gähnte, legte die Zeitung auf den Tisch und blickte aus dem Fenster. Eine junge Birke bog sich im Wind, ein ganzer Taubenschwarm, wie in ein Luftloch gefallen, stürzte herab und schwang sich wieder auf. Erste Regentropfen schlugen auf das Blech, wenige noch, und ich hoffte insgeheim, der Nachbar über uns gösse seine Blumen. Aber dann, nach einem lautlosen Blitz irgendwo, einem fernen Grollen, rauschte das Wasser ruhig und gleichmäßig herunter, und auch wenn hinter den Schleiern schon wieder Licht zu ahnen war: Ich bückte mich und löste die Bänder der neuen Schuhe. Wildlederschuhe.

»Was ist denn?« fragte meine Mutter leise. »Was machst du?«

»Was soll schon sein«, sagte ich. »Der Tag ist gelaufen. Pavel, die Ratte, hat mich versetzt.«

Noch mit den Schnürsenkeln beschäftigt, sah ich hoch. Ihr Morgenmantel schimmerte wie Perlmutt, und sie schüttelte den Kopf, hatte mich gar nicht gemeint. Die kleinen Augen so weit aufgerissen, daß ihre nachgemalten Brauen fast den Haaransatz berührten, starrte sie zu Traska hinüber. Dabei hielt sie die Zigarette, den Stummel, zwischen den Fingerspitzen beider Hände.

»Um Gottes willen, was ist das?«

Sie machte einen Schritt ins Zimmer, und ich fuhr hoch, kickte meine Schuhe weg.

Traska, der fast gelegen hatte auf dem Sofa, wollte sich wohl aufrichten. Seine Augen waren geschlossen, der Mund etwas geöffnet, die Zungenspitze ragte zwischen den Zähnen hervor. Der ganze Körper reckte sich. Vom Nacken, der auf der Rückenlehne des Sofas lag, bis zu den Fersen, gegen den Teppich gestemmt, war er gerade und straff und zitterte leicht. Die Spannung war so, daß er sich ein wenig aufbog, das Gesäß berührte schon nicht mehr den Polsterstoff. Fahl das Gesicht, die Wangen eingesunken, die Hände in den Gelenken verdreht. Ein Speichelbläschen wölbte sich aus einem Nasenloch. Dann, nachdem er einen leisen Schnarchlaut ausgestoßen hatte, entspannte er sich wieder. Die Knie knickten seitlich weg, und er rutschte langsam auf den Boden, zwischen Tisch und Couch.

Meine Mutter hatte die Kippe einfach auf den Teppich fallen lassen, drückte beide Hände vor den Mund und krallte sie sich gleich darauf ins Gesicht. Dabei zog sie die Lidränder etwas herab, trat schnell, immer schneller auf der Stelle und rief leise »Mama, Mama, Mami!« Dann, nach einem dunklen Schluchzen, schrie sie auf.

Mein Bruder zuckte, strampelte, schlug um sich. Sein Kopf stieß gegen die gedrechselte Holzsäule unter dem Tisch, gegen die Querstange aus Stahl, ein Tritt riß die Blumenbank um, die Weingläser in der Schrankwand klirrten. Speichel lief ihm aus dem Mund, ein großer Urinfleck erschien auf der Hose. Und während er sich krümmte und bäumte, während der Körper herumgeworfen wurde und die krampfenden Finger sich bogen, als wären sie ausgerenkt oder gar gebrochen, schien Traska überhaupt nicht dabei zu sein und ließ ein seltsam ruhiges, fast traumverlorenes Stöhnen hören. Wie nachts im Schlaf, wenn ihm ein Bein oder Arm aus dem Bett hing und er behutsam zurechtgerückt wurde.

Doch dann verzerrte sich das Gesicht mit den halb geöffneten Augen gespenstisch schnell, eine tausendfaltige Grimasse, wie ein Flackern durch verschiedene Alter, die Lippen wurden grau, und zwischen den gebleckten Zähnen floß Blut hervor.

Meine Mutter schrie, wurde mir schreiend immer fremder. Ich hatte so ein Gellen noch nie gehört, nirgendwo, und momentlang kam es mir wie etwas Physisches vor, wie ein endlos tiefer, dunkler Raum, den man betreten und in dem man für immer verschwinden konnte.

»Was denn? Was ist passiert?«

Mir sträubten sich die Haare auf den Unterarmen, und ich riß Tisch und Sessel so weit wie möglich von Traska weg. Mein Vater war völlig nackt. Er knurrte etwas Unverständliches und stieß die Frau zur Seite, gegen das Aquarium. Und dann kniete er auch schon bei seinem Sohn und hielt ihn mit seinen großen Händen, hielt den Kopf, bis der Anfall vorüber war.

Die Stille hinterher, als mein Bruder blaß und wie ohnmächtig unter zwei Wolldecken auf dem Sofa schlief und meine Eltern am Küchentisch saßen, nichts zwischen sich als den rotbraunen Gummikeil, den der Notarzt ihnen dagelassen hatte, diese Stille war nicht auszuhalten, und ich zog die Wildlederschuhe an und lief hinaus, in den Regen.

Ein paar Tage später, gegen Morgen, weckte mich das Knarren der Bodendielen. Mein Vater machte kein Licht. Seine Silhouette, vor der Flurlampe draußen, schwankte etwas, und er setzte sich zu mir, auf den Rand des Bettes. Das hatte er noch nie getan.
»Simon!« flüsterte er. »Simi? Bist du wach?«
Er roch nach Alkohol, und ich schwieg.
»Du mußt mir helfen.«
Ich hielt die Augen geschlossen, hoffte insgeheim, er würde wieder gehen. Doch er beharrte: »Hast du mich verstanden? Werd wach! Die Mutti ist weg.«
Die Ellbogen auf die Knie gestützt, blickte er auf seine Schuhspitzen, und ich täuschte ein Gähnen vor, rieb mir die Lider und sagte: »Wann denn? Wieso?«
Er harkte sich mit beiden Händen durch die Haare.

»Thomas schläft … Ich war schon überall, sogar mit dem Taxi. Wo könnte sie denn sein?«

Ich rückte in die Ecke. Das Gewicht und die Kraft des Mannes auf der Bettkante, das machte mir angst, obwohl es unsinnig war, und er schüttelte den Kopf, atmete tief.

»Ein einziges Mal, hab ich gesagt, nur eine Stunde müßte einer von euch mal da runter, in diese Luft, den Staub, den Schlamm … Gestern bis zum Bauch im Wasser. Nie ein Stück Himmel. Ich lasse alles dort unten, alles, und wofür? *Wofür* denn, Junge? Und sie hat mir so unglaubliche Sachen an den Kopf geworfen. Als wären wir nicht ihretwegen hierher, in die Stadt. Und da hab ich …« Er wischte mit den Fingerrücken durch die Luft. »Wußtest du, daß sie ein Messer hat?«

Ich sagte nichts, und er nickte wieder, hielt sich die Hände vors Gesicht. »Mein Gott, ich hab sie überall gesucht.«

Lange schwieg er und bewegte sich nicht. Mir fiel kein Trost ein. In der dunklen Stille hörte ich, wie eine Träne auf den Hosenstoff tropfte. Ich hatte ihn noch nie weinen sehen, und mein Staunen war dasselbe wie am letzten Heiligen Abend, als er plötzlich ein Lied anstimmte. Er hatte bis dahin nicht einmal gesummt, jedenfalls nicht in meiner Gegenwart, und ich langte auf den Nachttisch, drehte die Uhr um. Es war fast vier. Er mußte zur Frühschicht.

»Sie kommt schon wieder«, sagte ich. »Wo soll sie denn hin … Leg dich noch eine Stunde schlafen. Ich mach dir Dubbel.« Und er stieß etwas Luft durch die Nase, strich mir übers Haar. Doch dann stand er auf und ging über die knarrenden Dielen aus dem Raum.

Als ich am Nachmittag nach Hause kam, kochte sie Spinat. Dazu gab es Bratkartoffeln und Rührei mit Schnittlauch, die Lieblingsspeise meines Vaters. Sie sah nicht auf, sagte nichts. Sie stand in ihrem bordeauxroten Kostüm vor dem Herd, hatte sogar noch die Stöckelschuhe an, trug Armbänder und Ringe, und ich öffnete den Kühlschrank und fragte: »Hat er Milch dazu?«
Zu Bratkartoffeln trank er immer Milch, und sie nickte müde und wies mit einer Kopfbewegung auf die Einkaufstasche, die noch unausgepackt auf dem Küchenstuhl stand.

Kurz darauf begann das Turnier der Schulmannschaften. Es war ein sonniger Morgen Anfang Juli, voller Rosen zwischen den Hecken und mit vereinzelten Fußspuren auf den taufunkelnden Wiesen. Nach dem Endspiel fingen die Ferien an, und Traska wollte mit der Kirchenjugend in ein Zeltlager fahren. Ich hatte ihm meinen Schlafsack versprochen und die von ihm selbst festgelegte »Leihgebühr« wieder in seine Spardose gesteckt.
»Seid bloß nicht so beschissen nett zu mir«, sagte er, knüpfte seine Fußballschuhe an den Bändern zusammen, hängte sie sich um den Hals und lief aus dem Haus. Das Butterbrot, das meine Mutter ihm gemacht

hatte, warf er Herrn Streep in den Briefkasten. Er kaufte sich meistens Waffeln und Schokolade.

An der Straßenecke war niemand. Der Zeitungsbote, ein kleines Radio am Ohr, schob sein Fahrrad nach Hause. Auf den Treppen vor den Türen Brötchen und Milch. Ein Nachbar stand auf dem Balkon und zupfte welke Blüten aus den Pflanzen. Traska grüßte ihn, sie wechselten ein paar Worte. Er hatte in der Vorrunde vier Freistoß-Tore geschossen und einen Eckball direkt verwandelt. Der Nachbar wünschte ihm weiterhin Glück, und mein Bruder verabschiedete sich, schob die Hände in die Hosentaschen und pfiff ein Lied.

Es gab nicht den leisesten Reflex, Kopf oder Gesicht mit den Armen zu schützen. Er verstummte einfach und fiel aus dem Laufschritt vornüber, das Jochbein prallte auf den Kotflügel eines parkenden Autos. Der Körper rollte seitlich weg, schlug auf die Anhängerkupplung, zwei Rippen brachen. Sein Kopf schrammte über den Randstein, gelblicher Schleim quoll ihm aus Nase und Mund, und zuckend und krampfend und um sich schlagend zerschnitt er sich Arme und Beine an den Unterkanten der Stoßstange.

Und immer wieder, wie bei den gesträubten Haaren gepackt und mit Wut dagegen geschlagen, prallte der Kopf auf den Bordstein, die Kante aus Granit. Er biß sich die Zungenspitze ab, und als endlich jemand zu ihm kam, gab es kaum einen Knochen in seinem Gesicht, der nicht gebrochen war.

Ich sah ihn erst Wochen später wieder, im Klinikum Essen, nach mehreren Operationen. Er hatte ein Zimmer für sich, und ich saß auf einem der beiden unbelegten Betten und blickte durch die offene Tür. Am Ende des Flurs, wo es eine Sesselgruppe zwischen Topfblumen gab, sprach der junge Stationsarzt mit meinen Eltern. Er hatte sich zurückgelehnt, ein Bein über das andere geschlagen, und legte irgend etwas dar, spreizte die fünf Finger der Linken und tippte sie nacheinander mit dem Daumen der Rechten an. Dann nahm er seine goldene Brille ab und sprach mit einem Bügelende zwischen den Zähnen weiter. Er hatte zwei verschiedene Socken an.

Meine Eltern saßen nur auf den Kanten der Sessel; mein Vater vornübergeneigt, die Unterarme auf den Schenkeln, die Hände verschränkt; seine Wangen waren unrasiert, er sah müde aus und fahl; meine Mutter, die Kunstledertasche im Schoß, sehr gerade, fast steif, und obwohl sie die rechte Faust geschlossen hielt, erkannte ich ihr Feuerzeug darin.

In einem Wandstecker in der Ecke hing ein dünner Schlauch mit einem Paßstück für die Nasenlöcher. Man hörte das Säuseln von Sauerstoff. Nachmittagssonne schien durch die Jalousette vor dem Fenster, und in dem Licht sah die Infusion, die Traska kriegte, wie Honig aus. Er trug einen neuen, nachtblauen Schlafanzug mit feinen roten Rändern an Manschetten und Revers. Auch seine Hausschuhe waren neu, an der Ferse des linken klebte noch das Preisschild. Auf dem Nachttisch ein paar Fix-und-Foxi-Hefte, eine Flasche Traubensaft und ein Transistorradio, kaum größer als eine Zigaretten-schachtel. Unter dem Bett die Fußballschuhe.

Traska hielt mir seine linke Hand hin, und ich befühlte die Hornhaut auf den Fingerkuppen und sagte: »Don-nerwetter!« An der Wand lehnte eine sogenannte Drei-viertelgitarre, und auf dem Kursheft, das hinter den Saiten klemmte, stand: Ohne Noten!

Die Nadel im Arm meines Bruders hatte kleine grüne Plastikflügel, und an dem Tropfenfänger unter der Fla-sche gab es ein Rädchen, das er hin und wieder ver-stellte. Dabei blickte er auf die Uhr, die alte Kienzle meines Vaters. Sie war zu weit, rutschte ihm fast über die Hand, und während er die Tropfen zählte, schlürfte er laut irgendeinen Bonbonspeichel. Jemand hatte die Fußballschuhe geputzt; in dem Halbdunkel leuchteten die weißen Streifen wie neu.

Der Kiefer war insgesamt zwölfmal gebrochen. Man hatte ihm alle Zähne gezogen und eine Silberschiene unter das Kinn implantiert. Das Nasenbein konnte er-halten werden, doch Teile des zertrümmerten Jochbeins waren durch Platinplatten ersetzt worden, und es blieb fraglich, ob man das rechte Auge, schwer verletzt durch Knochensplitter, retten konnte. Auch das Schläfenbein war angebrochen. Um seinen Kopf hatte man eine dicke Ledermanschette geschnallt. Über der Stirn ragte eine Art Galgen daraus hervor, eine knapp zehn Zentimeter lange, verchromte Metallschiene mit einer Flügel-schraube. Der senkrechte Draht daran, straff gespannt, war durch einen Schnitt im Kinn mit der Silberschiene unter dem Kiefer verbunden.

Auf die Augenklappe, genau in die Mitte, hatte Traska das kleine blaue Zeichen einer Bananenmarke geklebt, und er räusperte sich, immer wieder. Den Infusionsständer auf rollbarem Fuß in der Linken, einen Plastikbecher mit Trinkhalm in der Rechten, ging er unruhig auf und ab in dem Raum.

Ein Blutfleck im Rinnstein war alles gewesen, was ich nach dem Anfall von ihm gesehen hatte, und nun wunderte ich mich, wie wenig versehrt sein Gesicht war. Bis auf ein paar Schrammen und einen vernähten Schnitt war das meiste schon wieder verheilt. Er konnte sogar sprechen, undeutlich, bildete die Laute mit Zunge und Gaumen. Doch lagen auch ein Block und eine Handvoll Filzer auf dem Tisch, und er schob mir seinen Becher hin und schrieb: »Probir mal. Vitaminkost. Macht potend.«

Ich winkte ab. Das unverletzte Auge war groß und klar, und er schien mir die Verwunderung über die kaum zerschnittene Gesichtshaut anzusehen. Er machte ein paar Gesten und lallte etwas, das ich nicht verstand. Schließlich schrieb er: »Von innen.« Er fuhr mit dem Stiftende über den schmalen Verband unter seinem Kinn. Der reichte von einem Ohrläppchen zum anderen. »Die haben das ganze Gesicht hochgeklappt. Wie ne Motorhaube.«

Dann ging er wieder auf und ab. Er schniefte und räusperte sich ununterbrochen und machte am Zimmerende oft so abrupt kehrt, daß die Flasche gegen den Infusionsständer schlug. Und wenn dessen Räder einmal klemmten oder quietschten, gab er ihm einen Tritt. Doch plötzlich blieb er stehen, ging vorsichtig in die

Knie. Er zog die Fußballschuhe unter dem Bett hervor, betrachtete sie kurz, kam langsam wieder hoch und stellte sie auf den Tisch. Beim Schreiben zitterte die Hand. »Fettest du sie ein?«

Ich nickte.

Dann kamen unsere Eltern ins Zimmer. Mein Vater zupfte nachdenklich an seinen Manschetten. Meine Mutter, in ihrem grauen Kostüm, schloß die Tür. »Solltest du nicht liegen?«

Traska winkte ab, kramte in seinem Schrank herum, suchte wohl eine Tüte für die Schuhe. Er fand aber keine, hielt mir ein Handtuch hin und machte eine Geste: Einwickeln.

Doch ich schüttelte den Kopf. »Nehme sie so.« Ich knotete die Senkel zusammen, und mein Bruder ging zum Tisch, zu dem Block und drückte den Filzstift so fest auf, daß die Fasern knirschten. »Was hat Oberfuzzi gesagt. Hab ich einen Gehirnschaden?«

Eines der Schuhbänder war rostbraun, und die Eltern neigten sich über das Blatt. Mein Vater, stirnrunzelnd, bewegte die Lippen beim Lesen. Dann schüttelte er den Kopf und setzte sich auf das freie Bett. – »Nein, hast du *nicht*!« rief meine Mutter und hob die Hand, als wollte sie Traska eine runterhauen. »Du bist intelligent und alles, du Blödmann. Das ist *seelisch*, hat der gesagt.«

Er sah sie eine Weile an, lallte etwas, das keiner verstand, und schließlich nahm er wieder den Stift und schrieb: »Was heißt SEELISCH.«

Sie zuckte mit den Schultern, betastete ihre starre Frisur. »Ja, Gott...« Geräuschvoll atmete sie ein, kehrte die leeren Handflächen vor, ruderte ein paarmal durch die Luft. Dann atmete sie wieder aus, ließ die Arme sinken und drehte sich nach meinem Vater um. Die Augen waren unruhig, voll Angst.

»Walter, was *heißt* das denn jetzt?«

Doch der dachte offenbar an etwas ganz anderes. Auf seinem Haar, auch auf der Strähne, die ihm vor der Stirn hing, der matte Glanz alter Pomade. Er trug den guten Anzug und ein hellblaues Hemd ohne Krawatte. Mit Daumen und Zeigefinger strich er sich über die eingesunkenen Wangen und starrte vor sich hin. »Weiß nicht«, murmelte er. »Hat was mit Gefühl zu tun.«

Traska verzog das Gesicht und schubste den Infusionsständer so heftig zum Bett voraus, daß sich der Schlauch an seinem Arm straffte. Er setzte sich auf den Matratzenrand, langte nach der Gitarre und beobachtete meine Mutter beim Aufräumen des Nachtschranks, argwöhnisch. Sie kramte zerknüllte Servietten, Brausepulvertüten und Unmengen kleiner quadratischer Cellophanhüllen hervor. Darin waren die Schokoladenplättchen verpackt, die er dauernd lutschte. Mein Vater, zwei Finger zusammengelegt, zeigte auf ihn und sah ihn vorwurfsvoll an.

»Benimm dich hier anständig, hörst du. Die finden, du bist frech. Läufst einfach auf der Straße rum und geisterst nachts durch die Stationen. Und im Schlafanzug und mit dem Stativ da ins Kino, das stell man sich vor! Der Oberarzt sagt, du hast ohne Erlaubnis den Dienstzimmerschrank geöffnet, deine Röntgenbilder rausgeholt und in der Sonne angeschaut. Stimmt das?«

Traska nickte, so gut es ging. Es sah fast gravitätisch aus.

»Das gehört sich nicht!« sagte mein Vater. »Du hast bei den Ärzten nichts zu suchen. Und deine Befunde gehen dich nichts an. Man sagt dir schon, was mit dir los ist.«

Wieder nickte er, und dann zog er sich den Ärmel hoch und drehte mir den Unterarm hin. Auf dem breiten Pflaster, mit dem die Kanüle und ein Stück des Schlauchs befestigt waren, stand in fremder schwarzer Schrift: »Schwesternschreck 1 A.«

Meine Mutter lief immer wieder rasch durch das Zimmer. Bei dem Geräusch, dem Tack-Tack ihrer spitzen Absätze kam mir der Gedanke, daß sie unermüdlich etwas absteckte, irgendwelche Grenzen. Sie warf den Unrat in den Eimer neben der Tür. Dann öffnete sie die zweite Schublade und schüttelte den Kopf. Ein nasser Waschlappen lag darin, ein paar Radiobatterien und eine Tüte Salmiakpastillen, und sie knüllte noch mehr Bonbon- und Schokoladenpapier zusammen.

»Und das...«, sagte sie und lief schon wieder durch den Raum, ans Waschbecken, wobei sie sich den Atem zur Stirn hochblies, wie immer, wenn sie etwas mit einem gewissem Eifer oder auch mit Ungeduld tat. »Das gehört *hierhin*!« Sie legte Traskas neue Zahnbürste und die unangebrochene Tube Signal auf die Ablage unter dem Spiegel.

Und erstarrte jäh. Mein Vater blinzelte, zog an den verwirrend vielen Bändern der Jalousette, die viel zu zart waren für seine Hände. Es wurde fast dunkel, und meine Mutter ließ die Schultern sinken, hielt sich am Beckenrand fest. Dann wurde es schreiend hell, eine Sekunde nur, und der feine Schatten des Drahts wanderte über Traskas Gesicht.

Sie fuhr herum. »Du bist und bleibst ein Polacke!« rief sie. »Aber echt. Hoffentlich kommen hier mal Jungs aufs Zimmer, die dir zeigen, was Ordnung ist.«

Sie stopfte Zahncreme und Bürste in ihre Handtasche, zog eines der umhäkelten Taschentücher aus dem Ärmel, und mein Bruder zeigte auf ihre Finger und lallte etwas, das ich nicht verstand. Auch mein Vater runzelte die Stirn, blickte ihn fragend an.

Doch meine Mutter nickte. »Tatsächlich. Was dir alles auffällt ...«

Sie betrachtete ihre Hände, verwundert und amüsiert zugleich, stieß etwas Luft durch die Nase und schüttelte den Kopf. Ich beugte mich vor. »Tja«, sagte sie schließlich. »Weiß auch nicht. Muß ich vergessen haben. Ist mir noch nie passiert. Jedenfalls nicht, seit ich aus dem Kuhstall raus bin.« Und sie zeigte uns ihre Nägel. Unlackiert.

Dann setzte sie sich zu Traska auf die Bettkante. Sie nahm ihre Schachtel Juno aus der Tasche, steckte sich eine an, und mein Vater sagte nichts. Zwischen Jalousette und Fensterglas flatterte ein grauer Falter. Wenn er die Lamellen berührte, sirrten sie leise, und feiner Staub fiel von seinen Flügeln. Meine Mutter saß aufrecht wie immer, die Schultern der taillierten Kostümjacke waren ausgepolstert, der Blusenkragen leuchtend weiß. Ihr Haar schimmerte leicht von dem Spray, das sie benutzte, und sie sammelte die Zigarettenasche in der hohlen Hand.

Die Sonne sank. Traska übte ein paar Griffe, doch die Saiten schnarrten, und er stellte die Gitarre weg. Er langte hoch und drehte am Rädchen unter dem Tropfenfänger. Auf dem Gang hörte man die Rollos der Thermowagen, das Klappern von Geschirr und Besteck, und er nahm den Plastikbecher vom Nachttisch und blickte hinein. Die Augen meines Vaters, gerade noch hell und blau in einem Streifen Licht, lagen jetzt im Schatten.

Wieder griff Traska nach der Gitarre, schlug ein Bein übers andere und spielte dieselben Akkorde so lange, bis sie sauber klangen. Meine Mutter hielt mir ihre Zigarette hin, doch ich schüttelte den Kopf. Sie stand auf, ging langsam durch den Rauch, löschte die Glut unter dem Wasserhahn, schmiß den Stummel weg. Sie wusch sich die Hände mit einem neuen, fast durchsichtigen Stück Seife. Dann öffnete sie das Fenster einen Spalt und setzte sich wieder aufs Bett.

Der Falter fand ins Freie, und mein Bruder, etwas vorgeneigt, ließ die Füße über dem Boden baumeln und sog laut den Rest aus dem Becher. Die Haare, die längst nicht mehr so schwarz waren wie vor einigen Wochen, standen in alle möglichen Richtungen ab, und durch den klobigen Lederhelm wirkten seine Schultern noch schmaler als sonst.

»Schlürf nicht!« murmelte ich, und dann klopfte es. Eine Schwester in einem verblüffend kurzen Kittel öffnete die Tür, nickte mir zu. Sie war sehr jung, sehr hübsch, trug ein Tablett voller Medikamente und blieb auf der Schwelle stehen. Blinzelnd sah sie sich in dem Zwielicht um, und Traska, der halb im Schatten meiner Mutter saß, hob kurz den Arm und schnippte mit den Fingern, müde. Und kaum hatte sie ihn entdeckt, riß sie die Augen groß auf und streckte ihm die Zunge raus, ganz lang. Dann machte sie auf den Absätzen kehrt und verschwand.

»Da!« sagte mein Vater. »Mit der hastes dir auch schon verscherzt.«

Er wies auf seinen Unterarm, wollte die Uhr sehen. Traska schlackerte sie um das Handgelenk herum, bis das Ziffernblatt oben war. Ich ging zum Waschbecken, betrachtete die durchsichtige Seife. Momentlang hatte ich die Vorstellung gehabt, ein kleines Vogelskelett wäre darin eingegossen. Aber es waren nur die Rippen des Bänkchens.

Mein Bruder winkte mich heran, langte nach Stift und Papier und schrieb: »Danke für die Bücher. Wenn ich rauskomme: Läßt du mich mal mit dem Rennrad fahren?«

Meine Mutter, die mitgelesen hatte, tippte sich an die Stirn. »Sag mal, bist du jetzt total übergeschnappt? Du hast richtig Freude daran, einem das Herz rauszureißen, was? Kommt überhaupt nicht in Frage!« Und auch ich schüttelte den Kopf.

Ich nahm den Filzer und schrieb »Klar!« auf das Blatt.

Er brachte uns bis zum Lift, drückte die Taste, blieb aber auf dem Flur. Eine Weile standen wir in der offenen Kabine, die Tür wollte sich nicht schließen, keiner sprach. Ich blickte auf meine Schuhspitzen. Mein Vater tippte erneut auf das E, ein melodischer Signalton erklang, und Traska schob rasch einen Fuß vor und drehte ihn ein wenig, als drückte er eine Kippe aus. Gleichzeitig bewegte er die Arme, als frottierte er sich den Rücken, und meine Mutter, die Augen gerötet, lachte lautlos und hielt sich eine Hand vor den Mund. Die Tür glitt zu.

Als wir uns zwischen den Blumenbeeten des Klinikgeländes noch einmal nach ihm umdrehten, war er nur undeutlich zu erkennen in dem fünften Stock. Er hatte die Jalousette hochgezogen, die kleine verchromte Stirnstange an der Ledermanschette glänzte im Licht, und obwohl er sicher zu uns herunterblickte – wegen der steifen Kopfhaltung sah es aus, als schaute er weit über uns weg.

Wir stiegen in die Straßenbahn und fuhren bis zum Essener Hauptbahnhof. Der Wagen war sehr voll, meine Eltern saßen sich stumm gegenüber, mein Vater hielt unsere drei Fahrscheine in der Hand. Vor dem Bahnhof stiegen wir in einen Bus nach Borbeck, der keine Nebenstraße ausließ. Wir brauchten fast eine Stunde, und vor dem Straßenbahndepot, wo jeder Wagen mit einer Persil-Reklame bemalt war, mußten wir dreißig Minuten auf die Linie nach Osterfeld warten.

In der Bahn gab es noch Holzbänke und Deckenleinen zum Klingeln, und sie war völlig leer. Es wurde dunkel, und meine Mutter, vor der spiegelnden Fensterscheibe, überprüfte ihre Frisur, strich ein paar Haare zurecht, und ich fragte mich, warum sie eigentlich nicht knisterten. Sie rückte noch näher an das Glas, und vorsichtig, nur mit der Spitze des kleinen Fingers, betastete sie die Haut unter ihren Augen. Dann schloß sie die Lider.

Auch mein Vater schien zu schlafen. Er hatte die Hände im Schoß verschränkt. Doch drückte er die Daumen so fest zusammen, daß die Nägel weiß wurden, und ich stand auf, ging langsam durch die Bahn nach vorn. Ich hatte mir Traskas Fußballschuhe an den Bändern über die Schulter gehängt und blickte mit dem Fahrer, der unablässig an seiner Kurbel drehte, auf die Geleise und das glänzende Pflaster hinaus. Manchmal erhellte ein blauer Blitz aus der Oberleitung die Straßen, dann zuckten Schatten einzelner Passanten schräg die Wände hoch, und Fensterkreuze waren leuchtend weiß. »Was glaubst du?« fragte der Fahrer, ohne den Verkehr aus den Augen zu lassen. »Steigt Oberhausen ab?« Ich nickte nur, ging ebenso langsam zurück und setzte mich wieder.

Mein Vater hob den Kopf, atmete tief. Er sah meine Mutter in dem Spiegelbild an. Als sie es merkte, wurde sie ein bißchen fahl und richtete sich gerader auf, zog einen Mundwinkel in die Wange. Schließlich erwiderte sie den Blick, runzelte die Brauen.

Er räusperte sich. »Ich hab Hunger. Ihr nicht?«

Sie zeigte keine Reaktion, und ich zuckte mit den Schultern. Genaugenommen hatte ich ein Loch im Bauch. »Wollen wir nicht in den Wienerwald gehen? Ein Stück

Zwiebelbraten mit Klößen? Und dazu ein schönes Glas Rotwein?« fragte er, und sie entspannte sich, öffnete den Mund ein wenig, momentlang erschien ihre Zungenspitze zwischen den Zähnen. Er knöpfte sich das Sakko zu, wirkte erleichtert.

»Ach was!« murmelte sie schließlich.

Im Ton klang ein unwilliges »Das kostet nur!« mit, und mein Vater, der schon wieder auf seine Hände blickte, Schorf von einer Wunde kratzte, stieß kurz Luft durch die Nase und schluckte, nickte. Er sank ein wenig zusammen. Dann schob sie die Unter- über die Oberlippe und sah mich nachdenklich an. Aber eigentlich schaute sie durch mich durch. Sie betastete ein Ohrläppchen, die Perle, schloß kurz die Augen und fragte leise, fast flüsternd: »Oder doch...?«

Das Blech über der Gaslaterne dampfte im Regen. Längs der Hecken klang das Geprassel doppelt so stark, und es klingelte in den leeren Milchflaschen, die hier und da vor den Türen standen. Die kleine Klinkertreppe glänzte wie glasiert, die Fußmatte war vollgesogen mit Wasser.

Auch Frau Schönrock hatte noch nasse Haare, die Locken klebten eng am Kopf. Ihre Waden, die Strümpfe, waren voller Schlammspritzer, der Rock hatte Flecken, und sie zog sich eine trockene Strickjacke an, knöpfte sie zu.

»Nein, nein, Simon! Er denkt doch, mein Mann hat ihn aus der Tasche genommen. Aber ich war es, ich!« Sie

weinte. »Weil ich wußte, daß sein Vater ... Als er her-
ausfand, daß Joschi das Moped frisiert hat, wollte er es
wegschließen. Wenn er mal in eine Kontrolle kommt,
sind wir die Dummen. Aber der wäre doch ... Ich kenne
den. Wenn man ihm das Moped weggenommen hätte,
wäre er durchgedreht. Und heute fährt er mit dem
Bus zur Arbeit, wegen dem Regen. Da nehme ich den
Schlüssel aus der Jeans im Zelt, damit sein Vater kein
Unheil anrichtet. Der war ja schon morgens betrunken.
Und der Junge kommt nach Hause, ich bin nicht da,
und er denkt ... Ich kenne ihn doch! Und jetzt ist er weg
und richtet was an, Simon. Du mußt ihn suchen!«
Sie hatte die Hälften der Wolljacke nicht richtig zusam-
mengeknöpft und öffnete sie wieder. Auch der Büstenhalter war naß, und ich blickte zu Boden. »Naja, dann
klappere ich mal die Kneipen ab.«
»Ach wo, da ist er nicht«, sagte sie. »Da war ich längst.«
Sie riß eine Lade auf, kramte zwischen Schuhbürsten
und Tuben herum und gab mir den Schlüssel mit dem
schwarzen Plastikknopf. Die Hand zitterte, als sie in die
Einfahrt zeigte. »Nimm das Moped, hörst du. Such ihn.
Du wirst schon wissen, wo ...«
Sie zog mir meine Kapuze über den Kopf, und ich
fragte: »Den Hobel?! Warum? Er kann doch nicht weit
sein!«
»Aber ja!« flüsterte sie. Die Lippen waren fast so blaß
wie das Gesicht. »Er ist doch mit dem Auto, Junge. Er
hat den Ford genommen!« Sie schob mich hinaus, auf
die Treppe. Im Licht der Laterne wehten Regenschleier
über den Garten, das Wasser triefte von der Maschine,

die Chromteile schienen zu verschwimmen. »Ich geb dir was dafür, höst du. Nur fahr, bitte. Schnell! Bevor sein Vater wach wird. Der ruft die Polizei, und alles wird noch schlimmer. – Bring ihn zurück, ja? Er richtet was an.«

Eine Hand an der Wange, die andere im Nacken, stand sie im Flur und sah mir beim Starten des Mopeds zu.

Langsam ließ ich es durch das Tor rollen, vorsichtig gab ich Gas. Ich machte eine Runde um den Supermarkt und bemerkte erst gar nicht, daß ich ohne Licht fuhr, war viel zu sehr mit dem Schalten beschäftigt. Anfangs zog ich die Gänge unsinnig hoch und kuppelte zu abrupt. Die Maschine geriet ins Schlingern, der Asphalt glänzte wie schwarzes Glas. Doch dann bog ich in die Fernewaldstraße, die mit Rollsplitt belegt war, und mit zunehmender Geschwindigkeit fühlte ich mich sicherer. Meine Öljacke knatterte im Wind, und ich richtete mich auf und ließ es mir in den offenen Mund regnen.

In der Dunkelheit waren die Kohlehalden längs der Straße nur zu ahnen. Niemand unterwegs, kein einziges Auto, und ich wußte nicht, wo ich Pavel suchen sollte, tat es auch nicht wirklich. Ich raste einfach drauflos, und um nicht die Orientierung zu verlieren, behielt ich den hell angestrahlten, grün patinierten Zechenturm im Auge.

Das Förderrad stand still. Ich kurvte durch alle umliegenden Siedlungen, und nach einer halben Stunde nahm ich das Gas weg und bog in die schmale Straße zum Kleekamp. Sie war kaum mehr als ein betonierter

Feldweg und schlängelte sich zwischen Birken und Erlen zu den Baracken. Keine Laternen. Ich fuhr langsam, bremste vor einem Haufen Sperrmüll ab. Ein Waschbottich mit Walzen, die Kurbel abgebrochen, ein Küchenschrank, halb verkohlt, eine Kartoffelkiste voller Elektroschrott. Hinter einem der beschlagenen Fenster mit einem Fetzen von Gardine stritten sich ein Mann und eine Frau in einer fremden Sprache. Er brüllte jede Frage drei- oder viermal, und sie antwortete einsilbig und leise, woraufhin er nur noch lauter tobte. Unter einem triefenden Vordach hockten drei Kinder und schienen auf etwas zu warten. Eines von ihnen rauchte und rief: »He! Poppen? Tausend Mark!«

Eine Radkappe schlitterte über den Asphalt, prallte an meinem Vorderreifen ab und dengelte im Rinnstein nach. Ich rollte aus dem Schein des Fensters heraus, fuhr langsam über den Betonweg davon. Er verlief eine Weile parallel zur Autobahnböschung. Hoch über mir der Fernverkehr, und ich umkurvte vorsichtig Haufen aus Bauschutt, Scherben und Matratzenfedern, nahm eine kleine Steigung und bog von hinten auf den Parkplatz vor der Auffahrt. Er gehörte zu einem Freibad. Die Becken hinter dem Zaun waren nicht zu sehen, doch der Regen klang hier anders. An einem Kabel über dem Platz schwankte eine Laterne, und ich schob das Moped in den Schatten der Imbißbude und stellte mich unter das Wellblechdach, bat um einen Kaffee.

Die Frau hinter der Theke trug einen dunkelblauen Nylonkittel und hatte sich einen Angoraschal mehrmals um den Hals gewickelt. Sie schob mir die Tasse hin, setzte sich wieder auf den Hocker und nahm ein Romanheft von der Kaffeemaschine. Der Webrand ihrer braunen, etwas zu weiten Strümpfe war zu sehen. Ich fragte sie, ob sie mir eine ihrer Zigaretten verkaufen würde.

»Nein«, sagte sie, ohne von dem Heft aufzublicken. Sie langte in die Kitteltasche und legte eine Packung Ernte neben meine Tasse.

»Feuer hab ich auch nicht.« Sie hustete und wies mit einer Kopfbewegung auf eine Schale am Ende des Tresens. Ich nahm mir einen Streichholzbrief heraus, steckte die Zigarette an und zog tief. Zu spät fiel mir auf, daß ich den Rauch in ihre Richtung geblasen hatte. »Das tut gut«, sagte ich, und wieder reagierte sie nicht, ließ nur die Nasenflügel zucken. Dann leckte sie sich den Daumen und blätterte um.

Der Tresen bestand zur Hälfte aus Glas. In der Auslage ein paar Schaschlikspieße, blasses Fleisch, vorgekochte Leber, schneeweiße Zwiebelstücke. In einigem Abstand dann ein Teller mit Knackern und einer Plastiktomate. Schließlich eine Schachtel Weinbrandbohnen, groß wie ein Atlas, und in der Ecke drei Flaschen Kakao.

Der Kaffee schmeckte nach verbrannten Reifen. »Ist hier vielleicht ein junger Mann vorbeigekommen?« fragte ich, und sie langte hinter sich, stellte die Friteuse aus und schüttelte den Kopf. »Klar. Hier kommen jede Menge vorbei.«

»Sicher«, sagte ich. »Aber so einer mit Locken, etwa Ihre Haarfarbe, etwa meine Größe? Blaue Augen, ziemlich gutaussehend. Fährt 'n Ford.«

»Ach so.« Sie seufzte genervt. »Ziemlich gutaussehend, was? Warmherzig? Knackig? Am siebzehnten Fünften geboren?«

»Keine Ahnung. Nein. Warum?«

Sie zuckte mit den Achseln. »Warum ist die Banane krumm«, murmelte sie, und die Schatten der leeren Fahrradständer, schwarze Rippen, wuchsen über den Bretterzaun und verschwanden wieder im Dunkeln. Ein Wagen bog auf den Parkplatz, ein großer Opel, und hielt vor dem Imbiß. Doch niemand stieg aus, und die Frau rutschte vom Hocker, goß Asbach in zwei Plastikbecher, füllte sie mit Kaffee auf und sagte: »Bring den Jungs mal ihren Treibstoff, ja?«

Jetzt lächelte sie, und ich nahm ihr die Getränke ab, balancierte sie spreizbeinig zwischen den Pfützen zum Wagen. Der Mann, der das Seitenfenster herunterkurbelte, nickte mir zu. Er war Polizist. Auch der am Steuer trug eine Uniform. Hinter ihm, auf dem Rücksitz, lagen Stofftiere, Federballschläger, eine Babyflasche, und er legte zwei Finger an den Mützenschirm und sagte: »Die Firma dankt.« Dann fuhren sie weiter.

Die Frau hatte sich abgewendet, rührte in einem Topf, der auf einer Kochplatte stand. – »Die kamen mir bekannt vor«, sagte ich, doch sie schwieg. Der Wagen schaukelte langsam über den Platz voller Schlaglöcher davon. »Irgendwo hab ich die schon mal gesehen.«

»Ist nicht wahr!« Sie legte den langen Löffel weg und setzte sich wieder auf den Hocker, zerrte an dem Nylonstoff. »Sind die auch vom anderen Ufer?«

Ich stellte den Fuß auf eine Zierleiste an der Theke, wo

er gleich wieder abglitt. Doch das konnte sie nicht sehen. Ich schüttelte den Kopf. »Wieso? Was soll das denn? Ich bin nicht schwul.«

Sie schniefte. Beide Hände am Kittelsaum, hob sie das Kinn und verengte die Augen. »Nein?« Der Stoff war so straff gespannt, daß sich ihre Brustwarzen abzeichneten. »Kannst du das beweisen?«

Ich sagte nichts, mir fiel nichts ein, und sie sah mich länger bewegungslos an. Dann schlug sie die Beine übereinander, sank etwas zusammen, schmunzelte seltsam verlegen. »Ich mach nur Spaß. Laß dich nicht verderben, hörst du. Kommt noch früh genug.« Sie biß sich trockene Haut von der Unterlippe, blätterte in ihrem Roman. Und plötzlich, kalt: »Fünfzig Pfennig, ohne Trinkgeld. Wir schließen.«

»Schon gut.« Ich kippte den Kaffee weg. Die Münze aus meiner Hosentasche war voll nasser Flusen. »Reg dich ab. Ich möchte auch gar nichts mehr.«

Ich ging um die Bude herum, wischte mit dem Ärmel über den Sitz der Maschine, kickte den Ständer hoch und öffnete den Benzinhahn. Da klirrte etwas in der Küche, und eine schmale Seitentür flog auf. Die Frau, in Plastiklatschen, kam zwei Stufen herunter und trat mir in den Weg.

»Momentchen mal! *Wie* war das gerade?«

Breitbeinig stellte sie sich über das Vorderrad und umfaßte den Lenker. Die Locken hingen ihr im Gesicht, und in dem Halbdunkel konnte ich ihre Augen nicht erkennen. – »Was brauchst du wirklich, Junge? Silberpapier?«

»Ich? Wozu Silberpapier?«

»Für 'n Zentner kriegst du 'n Blindenhund.«

»Danke. Ich bin nicht blind.«

Sie nickte. »Und wieso ist deine Lampe aus?«

»Ich fahr ja noch gar nicht. Bitte lassen Sie mich los.«

Sie bog den Oberkörper etwas zurück und schwieg. Ich schämte mich, wußte aber nicht wofür, zog den Reißverschluß meiner Jacke zu. Hinter der Frau, hinter Stapeln leerer Getränkekisten, wehte der Regen schräg durch den Laternenschein. Einzelne Tropfen rannen glitzernd über ihre Locken und fielen wie Licht von ihr ab. Ich startete den Motor, und sie trat zur Seite, stemmte die Fäuste an die Hüften. »Kleiner Spanner…« Sie machte eine Kopfbewegung. »Jetzt aber ganz schnell nach Hause! Sonst müßte ich mal telefonieren.«

Umständlich wendete ich die Maschine. Als ich Gas gab, etwas zu stark, brach das Hinterrad aus. Ich mußte mich abstützen, in einer Pfütze, und die Frau zog die Rollos der Bude herunter.

Dann fuhr ich noch einmal in die Kleekamp-Siedlung. Ich hielt vor dem Sperrmüllhaufen, der Kartoffelkiste, und schraubte den Tonkopf von einem alten Dual-Plattenspieler ab. Die Kinder saßen nicht mehr unter dem Vordach. Das Fenster, hinter dem sich das Paar gestritten hatte, war fast dunkel. Kein Laut. Auf dem Kleiderschrank brannte eine Kerze.

Der Saphir schien in Ordnung zu sein; unter den Lampen der Autobahnbrücke begutachtete ich meinen

Fund. Es regnete heftiger. Lastwagen in riesigen Gischt-
wolken rasten auf beiden Spuren Richtung Köln, Blu-
mentransporte aus Holland. Ein schweres Motorrad
kurvte zwischen ihnen herum. Das Hupen unter mir
hallte dreifach wider.

Die Straße daneben, die Bahn nach Norden, war leer.
Ich konnte über das lange Band bis zur nächsten, vielleicht zweihundert Meter entfernten Brücke sehen.
Trotz des Regens standen Menschen zwischen den Laternen, und manche neigten sich über das Geländer und
gestikulierten. Jemandem fiel der Schirm aus der Hand,
segelte auf die Autobahn und wurde immer wieder
hochgeblasen und mitgerissen von dem Fahrtwind auf
der anderen Spur. Unter dem Stahlbetonbogen flacker-
ten blaue und gelbe Lichter, auf dem nassen Asphalt
zerlief der Schein. Der Schirm, völlig zerfetzt, wirbelte
unter mir weg.

Ich bog auf die Straße, die zu der anderen Brücke führte.
Hell spritzte das Wasser auf in meinem Scheinwerfer-
strahl, und momentlang kam es mir vor, als führe ich
durch Nägel.

Ich stieg ab, schob das Moped an das Geländer, blickte
hinunter. Das Auto neben dem Brückenpfeiler war nur
noch ein Haufen Schrott. Eine Trennscheibe kreischte,
Funken sprühten auf, jemand warf einen Kotflügel ins
Gras. Er schlitterte gegen die Leitplanke. Der Wind ließ
das Ölzeug der Rettungskräfte flattern und knattern,
und ein Schuh stand auf dem Randstreifen, neben der
Bahre aus Blech.

Wer immer darauf lag, man hatte ihn zugedeckt, und

die silbrige, an den Holmen befestigte Folie blähte sich leicht. Die Schatten der Feuerwehrmänner streiften darüber, der Arm eines Bergungskrans schwenkte zum Wrack, und Passanten zeigten auf einen Autositz, der gerade verladen wurde, cremefarbenes Kunstleder, blutverschmiert. Unablässig donnerten die Lastzüge Richtung Süden, gekühlte Tulpen, gekühlte Rosen, immer wieder verschwamm die Sicht in der Gischt.

Ein Arzt in einer signalroten Jacke trank einen Schluck, schraubte die Thermosflasche zu und legte sie auf das Fußende der Bahre. Ich beugte mich vor, umfaßte die Griffe des Lenkers fester. Der Krankenwagen setzte ein Stück zurück, man stellte das Blaulicht aus. Eine Tür knallte zu im Wind. Die Folie wellte und blähte sich und sank dann langsam, wie schwebend, auf das Gesicht des Toten. Der Schuh auf dem Betonstreifen, ein knöchelhoher Stiefel mit Gummizug, wackelte etwas.

»Nein«, sagte ich und schob das Moped in die leere Garage. Frau Schönrock sah mich unruhig forschend an, schien mir nicht recht zu glauben, und ich zog das Blechtor zu und wiederholte: »Wirklich nicht.«
Sie nickte, starrte vor sich auf den Boden, ließ den Daumen über das Ziffernblatt ihrer Armbanduhr kreisen. Sie bat mich nicht herein. »Naja«, murmelte sie endlich. »Er kommt schon wieder, oder? Er muß ja morgen früh zur Arbeit.«
»Sicher«, sagte ich. »Wo sollte er denn hin.«

Als ich gegen Mitternacht nach Hause kam, saß meine Mutter allein in der Küche. Still die Wohnung, nur die kleine Lampe über der Spüle brannte, der Vogelkäfig war verhängt, und obwohl im Aschenbecher eine Zigarette glomm, hatte sie sich eine neue angesteckt. Ich mußte grinsen.

»Du *liest*?«

Sie sah nicht auf, verschluckte etwas Rauch. »Nur die Bibel.«

Ich nahm mir eine Flasche Milch aus dem Kühlschrank, drückte die Kappe ein, goß die Sahne ins Waschbecken. Der Sittich, von dem ich nur die Krallen sah, bewegte sich hin und her auf der Stange.

»Hier«, sagte meine Mutter. Wo ein Kassenzettel aus dem Schätzlein-Markt steckte, schob sie den Zeigefinger zwischen die Seiten. Die Nägel waren immer noch unlackiert. »Der Prophet Jesaja. Hör mal...« Sie löschte die Zigaretten, und während sie vorlas, fuhr sie mit dem Feuerzeug die Zeilen ab. – »Fürwahr, er trug unsre Krankheit und lud auf sich unsre Schmerzen. Wir aber hielten ihn für den, der geplagt und von Gott geschlagen und gemartert wäre.«

Sie lehnte sich zurück, verschränkte die Hände im Schoß. Schmucklos die Ohren, ein Ringloch leicht entzündet, und sie fuhr fort: »Aber er ist um unsrer Missetat willen verwundet und um unsrer Sünde willen zerschlagen. Die Strafe liegt auf ihm, auf daß wir Frieden hätten, und durch seine Wunden sind wir geheilt.«

Sie klappte das Buch zu und sah mich an. Ich wußte

nicht, was sie erwartete. Ich war müde und wollte ins Bett und Musik hören. Ich verstand den Text so, daß die eigenen Wünsche und Hoffnungen niemals so stark und vollkommen sein können wie das, was für einen vorgesehen ist. Doch damit lag ich womöglich falsch. Ich wischte mir Milch von der Oberlippe, drückte den Schrank zu, und sie fragte: »Ist das wahr, Simon? Sind wir geheilt?«

Ich schüttelte den Kopf.

Die Halle war verschlossen. Ich mußte mir den Schlüssel vom Gärtner holen. »Raum drei«, sagte er, und ich ging langsam durch die Platanenallee. Blauer Himmel, ein funkelnder Tag. Aber die Akuratesse, mit der hier die Gräber gepflegt wurden, hatte etwas Wütendes. Jedes ein ewiges Eigenheim. Fast schon suchte man die immer wuchtigeren Steine mit den Stahl- und Bronze-Intarsien nach einem Mercedes-Stern ab. Ich ging über den Kiesweg und schloß die Tür hinter der Kapelle auf. Die Mauer an der anderen Seite des Flurs bestand ganz aus Glasbausteinen, man sah den Fahrradständer des Kindergartens nebenan, kleine Räder, bunte Wimpel. Ich legte den Griff um und zog die Kühlraumtür auf.

Sie schlief. In einem Glas perlte etwas Mineralwasser. Die Sonne schien in das Zimmer, durch den Wandschirm, man sah den Nachtschrank nebenan, die Silhouette einer Vase. Eine einzelne Blume darin. Meine Mutter erschrak, als ich, ganz sacht, ihre Hand berührte.

»Wo kommst du denn her?«

»Ich war die ganze Zeit da«, sagte ich. »Hab einen Kaffee getrunken. Wie gehts? Wir werden jetzt mal deine Wunde versorgen.«

Sie nickte, kaum merklich. An der Schläfe noch das Zeichen für die Elektrode. Ihr Gesicht, eingesunken in dem großen Kissen, kam mir winzig vor und noch einmal um Jahre gealtert nach der Schmerzbestrahlung. Trotzdem glaubte ich einen fast ironischen Zug darin zu erkennen, und die Augen waren erstaunlich groß und klar.

»Wie sehe ich aus?«

Sie fuhr sich mit der zitternden Hand über den Kopf, und ich sagte: »Wie ein gerupftes Huhn.«

Sie lächelte vage, und ich klappte das Bett auf. Nur noch auf der Seite konnte sie liegen. Der Dekubitus am Steißbein war handgroß und so tief, daß man die Knochen sah. Ich entfernte die eitrigen Kompressen, zupfte die nekrotischen Hautränder mit einer Pinzette ab, reinigte die Wunde mit Wasserstoff und klebte frischen Mullstoff locker darüber. Als ich sie fragte, ob sie Schmerzen habe, schüttelte sie kurz den Kopf und sagte: »Weißt du was? Ich könnte jetzt glatt eine schmöken.«

»Ich besorg dir eine.«

»Ehrlich? Das trau ich dir zu. Legst du mir auch eine in den Sarg?«

Ich antwortete nicht, und sie wickelte sich den Schlauch ihrer Infusion locker um den Finger, blickte zum Fenster. Momentlang bewegte sie die Lippen, als spräche sie lautlos mit sich selbst.

»Du, was ich dich noch fragen wollte: Wann ist eigentlich der Papa gestorben? Ist das schon ein Jahr her?«

»Nicht ganz«, sagte ich. »Warum?«

»Nur so. Und wo ist der Kleine?«

»Thomas? Das hab ich dir doch schon dreimal gesagt. Wahrscheinlich in Italien. Er hat Urlaub. Willst du was trinken?«

»Nein«, sagte sie. »Findest du das richtig?«

»Was?«

»Na, seine Mutter liegt im Sterben, und er macht seelenruhig Ferien?«

»Frag mich nicht. Aber ich kann ihn verstehen.«

»Ach ja?« Sie betrachtete ihre Fingernägel, kratzte sich leicht unter der Nase, dachte wohl nach. »Wahrscheinlich hast du sogar recht.«

Ich schmiß die Tupfer mitsamt der Nierenschale aus Preßpappe in den Abfalleimer, kontrollierte die Lage der kleinen Kissen, die zwischen den Fesseln und den Knien lagen, und stellte den Stützbock aufs Bett, zog vorsichtig die Decke darüber. Dann sah ich auf die Uhr und zählte die Tropfen, die in den Fänger unter der Infusionsflasche fielen.

Meine Mutter schloß die Augen. Ich setzte mich auf den Schemel neben dem Bett, kramte eine Schere aus dem

Nachtschrank und begann, ihre Fingernägel zu schneiden; die waren unsinnig lang geworden, schartig auch, mit hart verkrustetem Schmutz darunter. Sie ließ es geschehen. Manchmal blickte ich in das schmale Gesicht, betrachtete die tiefen Furchen um den Mund herum, das Gewittern feiner Falten auf der Stirn, wenn sie eine Schmerzwelle durchfuhr, und jenes Foto in dem Album fiel mir ein, das Mädchen mit den schwarzen Zöpfen.

»Ich möchte nur eins«, murmelte sie. »Das ist mein Testament: Daß ihr euch vertragt. Versprochen?«

»Versprochen«, sagte ich und wischte die winzigen Monde vom Laken. Etwa fünfzehn Jahre alt, stand sie neben einem Fliederstrauch irgendwo bei Brandenburg und lächelte strahlend. Sie trug ein gepunktetes Kleid, und die dünnen Beine steckten in viel zu weiten Gummistiefeln. Die lange Flucht aus Westpreußen war geglückt, trotz Schnee und Hunger und Fliegerbeschuß, Mutter, Großmutter und die sieben jüngeren Geschwister waren am Leben, die Notunterkunft ließ sich ertragen, und die Vergewaltigung durch den russischen Soldaten im Keller eines zerbombten Bauernhauses war angeblich schon vergessen. Sogar ihrer Mutter hatte sie gesagt: »Es war nichts, Mama. Er hat nichts gemacht.«

Und nun also Brandenburg. Keinem in der Familie gefiel es besonders, aber die Großmutter war sehr krank, und auch ihre Mutter wollte vor Erschöpfung nicht mehr weiter. – »Hier bleiben wir jetzt, und basta. Liesel, hol Brot.«

Doch irgendwas in ihr wußte, daß dies noch nicht der

richtige Ort war, hier wollte sie nicht leben, und als sie mit dem Netz zur Proviantausgabe am Güterbahnhof ging, las sie den Anschlag am Tor einer Schule: Wer den Weitertransport nach Norddeutschland wünsche, habe sich in der Kommandatur der Alliierten zu melden. Und sie holte Brot.

Doch dann, statt nach Hause zu laufen, rannte sie in das Büro und trug sich und alle Familienmitglieder in die Liste für den Transport am übernächsten Tag ein. Den Namen der Großmutter kannte sie nicht, also schrieb sie einfach *Oma.* – »Und warum kommen nicht deine Eltern?« fragte der Offizier. »Wissen die überhaupt, daß du hier bist?«

»Aber natürlich«, sagte sie. »Die sind nur schlecht zu Fuß.«

Und in der Baracke sagte die Mutter: »Das wirst du rückgängig machen!«

»Das geht nicht«, log die Tochter. »Dann müssen wir eine Strafe zahlen. Wegen der reservierten Plätze.«

Da schlug die Mutter ihr den Kochlöffel ins Gesicht und schrie: »Und das sage ich dir: Wenn die Oma stirbt auf dem Transport, trägst du die Schuld dein Leben lang!« Und dann wurde gepackt.

Doch die Greisin überlebte, und die ganze Familie fand Wohnung und Arbeit auf einem Gut bei Rendsburg, wo es so schön war wie in Westpreußen, hügelig und grün und das Meer nicht weit weg. Und wo kurz darauf ein junger Mann eintraf, um die von Krieg und Gefangenschaft unterbrochene Melkerlehre zu beenden...

Schmerzen. Wieder verzog sie das Gesicht, Falten er-

schienen, die ich noch nie gesehen hatte, ein flackerndes
Gewirr, und ich drehte das Rädchen unter dem Tropfenfänger auf und ließ einen Strahl von dem Mittel in
ihre Adern laufen. Sie entspannte sich. Zum ersten Mal
gefielen mir ihre Hände. Ich hatte die Nägel rund ge-
schnitten, kurz und rund, und sie öffnete die Augen,
betrachtete lange die Finger der Rechten, als grübelte sie
einer Erinnerung nach, dann die der Linken, und einen
Moment lang schob sie die Unter- über die Oberlippe.
»Gut.«
Dann schloß sie die Lider, die leicht zitterten, und als
ich begann, die Nägel zu feilen, lächelte sie und murmelte: »Das riecht.«
»Ja? Wonach denn? Ich rieche nichts.«
»Doch. Wie in Bovenau. Beim Hufschmied.«
Ich legte Schere und Feile zu dem Schmuck in der Nacht-
tischschublade, stand auf und blickte einen Moment
aus dem Fenster, auf den Förderturm am Horizont.
Man hatte das Rad entfernt, die Kühltürme geschleift,
die Halden abgetragen. In der ehemaligen Kaue befand
sich ein Kulturzentrum, und in der Ginsterheide, jahr-
zehntelang nicht bebaubar, weil die Erde sich immer
noch senkte über den ausgeräumten Flözen, entstanden
neue Einfamilienhäuser. An den Richtkränzen flatter-
ten bunte Bänder.
Es war still in dem Zimmer, völlig still. Die andere Pa-
tientin, eine weißhaarige Frau mit tiefen Augenschat-
ten, hatte sich die Decke bis unter die Nasenspitze
gezogen und schlief. Meine Mutter langte nach dem
Glas, das Wasser gleißte wie Kristall. Ich half ihr beim

Trinken, tupfte den Mund ab. Sacht zog sie am Kragen ihres Nachthemds und blickte auf den Wandschirm, auf die Silhouette der Vase dahinter. Die Rose stand so dicht an dem Plastik, daß der Schatten im Innern rot schien.

Und plötzlich waren die Augen auf mich gerichtet, und ein Staunen, fast kindlich, ging darin auf und machte sie immer noch größer und schöner, als sie flüsterte: »Weißt du was? Weißt du, was mir gerade eingefallen ist?«

Ich schüttelte den Kopf, und sie schluckte, was ihr weh zu tun schien. Sie hielt sich den Hals. »Da muß ich den Alten ja doch geliebt haben, wenn ich ihm so schnell hinterhersterb. Oder?«

Ich sagte nichts. Doch sie sah mich weiter an, erwartete eine Antwort, und ich nickte.

Die Tür zu öffnen machte Mühe, die Gummidichtung schnalzte, als befände sich ein Vakuum im Raum. An den gekachelten Wänden standen Töpfe mit irgendeinem Immergrün, mannshoch, in der Ecke lehnte der Sargdeckel, durch das Oberlicht, Glasbausteine, schien die Sonne. Obwohl die Klimaanlage laut war und die Lamellen in dem Luftloch schepperten, war das Zwitschern der Vögel auf dem Friedhof zu hören.

Gelbe Blumen lagen wie hingestreut auf der perlfarbenen Steppdecke, und ich hob sie an und schob eine Schachtel Juno darunter. Sie fiel leise polternd auf das rohe Holz.

Unter den geschlossenen Lidern meiner Mutter zeichneten sich die Pupillen ab, und ich richtete ihre Perücke, wobei der Kopf etwas wackelte, und wischte die Schminke von den Wangen. Dann bog ich einen der zusammengelegten, über dem Bauch verflochtenen Finger hoch und steckte ihren alten, seltsam dünnen, wie abgewetzten Ehering darauf. Nicht ohne Mühe. Ich hatte ihn in der Schale auf dem Küchenschrank gefunden, zwischen Reißnägeln, Büroklammern, Batterien. Schließlich zupfte ich die Rüschen an dem Hemd zurecht, küßte ihre kalte Stirn und murmelte: »Na dann, Mädchen ... Laß dir was Schönes schenken.«

Es kamen wenig Leute, weniger als bei meinem Vater. Weder ihre Brüder noch ihre alte Mutter waren aus Norddeutschland angereist. Man schickte Blumen. Ein paar neue, mir unbekannte Nachbarn und ihre Kinder, Frau Schönrock, weißhaarig, zart, immer noch auf Pavel wartend, und Tante Friede, die seit Jahren eine Brille mit dicken Lupengläsern trug, gingen außer mir hinter dem Sarg zum Grab.

Der Pfarrer machte es erfreulich kurz, und als ich eine Handvoll Erde hinunterwarf – ich vermied es, den lakkierten Deckel zu treffen, wollte das Geräusch nicht hören –, glaubte ich momentlang, ein winziges Knochenstück zu fühlen. Vielleicht war es ein Kiesel. Doch griff ich noch einmal in die Schale, die auf einem Dreibein neben dem Grab stand, und zerrieb etwas von der mulmigen Erde zwischen den Fingern. Ein Knochenstück, schwarzgrau.

Ich blickte mich um. Hinter den Steinen der folgenden

Reihe stand Herr Karwendel. Er war seit Jahren Witwer und stützte sich auf einen Stock. Sein dunkler Anzug, flusig und voller Schuppen, war zerknittert und ausgebeult, und er strich eine lange, vom Wind gelöste Haarsträhne über die kahle Stelle auf seinem Kopf.

»Daß du nicht *Elisabeth* in die Todesanzeige gedruckt hast...«, sagte er und steckte mir einen Zwanzigmarkschein in die Jackentasche. »Daß da *Liesel* stand, das hätte ihr gefallen. Kauf ihr mal paar Blumen. Bin nicht mehr dazu gekommen.« Dann drehte er sich um, ging zum Grab seiner Frau.

Vor dem Friedhofstor stand der Bestatter. Er lehnte an seinem Privatwagen, einem offenen Cabrio, trug einen sandfarbenen Leinenanzug und einen schrillen Schlips und hatte offenbar auf mich gewartet. Wir gaben uns die Hand.

»War alles zu Ihrer Zufriedenheit?«

»Sicher«, sagte ich. »Wie immer.«

Er schmunzelte, rieb sich den ausrasierten Nacken. »Ach ja«, seufzte er. Der Mund in seinem runden Gesicht sah einem winzigem Herzen ähnlich. »Wie wir im Institut immer sagen: Die wirklich Trauernden erkennt man an ihrem Humor. Übrigens steht Ihnen der Anzug hervorragend.«

Ich bedankte mich, und er griff in sein Auto, hielt mir eine kleine, mit dem Wappen einer Konditorei bedruckte Plastiktüte hin. Darin befand sich ein Päckchen, etwa faustgroß, mit Küchentüchern aus Papier umwickelt und von zwei Gummiringen zusammengehalten.

»Was ist *das*?« fragte ich, und da er sah, daß ich es mir schon dachte, zog er bedauernd die Schultern hoch und nickte.

»Die Zähne? Ich hatte sie Ihnen doch gebracht...!«

»Aber ins Institut, Verehrter, ins Institut! Und wir waren doch hier, in der Halle! – Natürlich versorgten wir erst die anderen Kunden und haben auf Sie gewartet. Dann rief ich an, aber die Leitung wie tot. Und dann gibt es physikalische Gesetze, wissen Sie. Irgendwann mußten wir handeln.«

»Ach Gott«, sagte ich und faßte in die Tüte, kratzte an dem Papier, legte etwas Gold frei. »Dabei sah sie mir gar nicht zahnlos aus. Was hat sie denn jetzt im Mund?«

Er hob beide Hände, schloß die Augen, schüttelte sanft den Kopf. »Seien Sie ganz unbesorgt. Wir haben da unsere Mittel.«

Die Wohnung war bis zum Monatsende gemietet, und ich räumte noch ein paar Papiere zusammen, klebte Zettel an die Säcke mit den Kleidern. Einige waren für das Rote Kreuz bestimmt, andere für Tante Friede, die auch um die Schuhe meiner Mutter gebeten hatte. Dann setzte ich mich in die Küche, machte Wasser in dem Durchlauferhitzer warm und trank eine Tasse Penny-royal-Tee. Auf dem Hängeschrank lagen noch ein paar Versandhauskataloge; der Vogelkäfig war längst verschrottet. Doch der kleine runde Spiegel hing an der Wand über der Spüle.

Als ich zum Telefon ging, um mir ein Taxi zu rufen, klingelte es. Ich war nicht überrascht. Ich nahm ab, hielt mir den Hörer ans Ohr, erkannte das Schweigen sofort.

»Ist sie tot?« fragte Traska.

Er war in der Stadt, in seiner Wohnung, und ich sagte: »Es sind noch ein paar Dinge zu regeln. Kannst du vorbeikommen? Ich muß gleich zum Zug.«

Er versprach, in zwanzig Minuten da zu sein, und ich legte mich aufs Sofa. Wir hatten uns lange nicht gesehen, Jahre. Zur Beerdigung unseres Vaters war ich nicht gekommen; ich hatte eine befristete Stelle in Cleveland, Ohio, und wollte meine Studenten, allesamt kurz vor der Prüfung, nicht im Stich lassen. Außerdem – Bürokratie ist die Metaphysik der Amerikaner – hätte es damals Schwierigkeiten mit der Wiedereinreise gegeben.

Ich verschränkte die Hände im Nacken und blickte auf die grüne Fototapete in dem leeren Aquarium. Nachdem mein Vater gestorben war, hatte meine Mutter die Sauerstoffpumpe ausgeschaltet und die Tiere nicht mehr gefüttert. Doch einige waren einfach nicht totzukriegen gewesen, auch nicht, nachdem sie die Pflanzen entfernt hatte, und schließlich schöpfte sie das brackige Wasser mit einer Schüssel heraus und goß es mitsamt den Fischen ins Klo.

Mein Bruder ließ auf sich warten, ich schlief ein paar Minuten, machte mir noch einmal Tee, und nach über einer Stunde, in der ich mehrfach vergeblich seine Nummer gewählt hatte, rief ich mir ein Taxi. Dann ging ich in die Diele, drückte die Sicherungen raus und legte den

Hebel der Gasleitung um. Ich schloß die Balkontür und das Fenster in der Toilette und drehte die Wasserhähne noch etwas fester zu. Meine Tasse stellte ich in die Spüle, den Kühlschrank öffnete ich einen Spalt und legte einen Aufnehmer hinein, die Vorhänge an der Sonnenseite der Wohnung zog ich zu. Dann ging ich noch einmal zu den Wasserhähnen, starrte sie eine Weile an. Und schrak zusammen, als es klingelte.

Ich hängte mir meinen Trenchcoat über den Arm, nahm den kleinen Koffer von der Waschmaschine und öffnete die Tür. Auf der Matte stand mein Bruder.

Genauso hager wie ich, überragte er mich um einen halben Kopf. Er sah mich nicht an, hielt den Blick gesenkt. Wie eh und je trug er Turnschuhe, Jeans, eine Windjacke und ein kariertes Hemd. Die Glatze war größer geworden, und es gab eine Menge silberweißer Haare in seinem Bart.

»Hast du keinen Schlüssel?«

Er antwortete nicht. Die Hände in den Taschen, ging er an mir vorbei, blickte in jedes Zimmer der Wohnung und ließ sich dann in den Sessel fallen, der schon immer »seiner« gewesen war, gleich neben dem Fernseher. Die Unterarme locker im Schoß, legte er den Kopf in den Nacken und blickte zur Zimmerdecke hoch. Sie war mit holzfarbenem Plastik getäfelt. Er atmete tief.

»Wie ist sie denn gestorben?«

Ich stellte meinen Koffer ab, zog den Vorhang wieder auf. »Keine Ahnung. War nicht dabei.«

Er schob seine Brille, ein billiges Kassengestell, zur Nasenwurzel hoch. »Wieso? Wo warst du denn?«

198

»Und du?«

Er sagte nichts, zupfte an den Haaren unter seinem Kinn, starrte gedankenverloren auf den Tisch. Die polierte Steinplatte, die seit Unzeiten einen Sprung hatte, spiegelte das Fenster wider, den Krähenschwarm, der draußen vorbeiflog, und jetzt fiel mir die Beule an seiner Schläfe auf, graublau, mit gelblicher Aura. Es gab frische Abschürfungen an den Fingerknöcheln und auf der Jeans, in Kniehöhe, einen bräunlichen Flecken. Er trug keine Strümpfe.

Die Hand auf der Sessellehne zitterte, und er schloß kurz die Augen, schien immer noch blasser zu werden. Die Unterlippe hing etwas herab. Dann gab er sich einen Ruck, stand auf und sagte: »Also gut, ich regele den Rest. Was willst du von dem Zeug hier haben?«

»Nichts, natürlich.«

»Waren noch Wertsachen da? Bargeld? Schmuck?«

»Nein.«

»Und das Sparbuch?«

»Welches Sparbuch?«

»Machst du Witze?« Er sah mich argwöhnisch an. »Was die Frau sich beiseite geschaufelt hat in den Jahren – du glaubst es nicht. Der Alte mit seiner Kriegsverletzung und den Bergschäden hatte eine Rente, von der wir nur träumen können. Es gibt ein Postsparbuch über mindestens...« Er lief ins Schlafzimmer. »Es lag unter der Matratze.«

»Da war nur ein Messer.«

»Ja, am Kopfende.«

Er hob den Fußteil an, schob einen Arm darunter und

grinste. Dann zog er das blaue Heft hervor, wedelte damit durch die Luft. Seine Blässe war fast verschwunden, und als er zurückkam, blieb er vor der Frisierkommode stehen. Er betrachtete das Säckchen mit den Zuckermandeln, das dort lag, zerriß den Schleierstoff, schob sich eine in den Mund. »Jetzt gibts Kohle, Bruderherz. Hier stehts.«

Er ließ sich in den Sessel fallen, schlug ein Bein übers andere, blätterte in dem Buch. Unter dem Fenster ging jemand vorbei, ich hörte das Tack-Tack spitzer Absätze, das sich rasch entfernte. Dann schrien Kinder, ein höhnisches Gelächter vieler, dem kurz darauf ein einzelnes Schluchzen folgte, und Traska sog laut den Speichel ein und murmelte: »Donnerwetter.«

Er schlug mit dem Handrücken auf das Heft. »Nicht zu glauben. Schau dir das an.« Der Finger, mit dem er über die Zeilen fuhr, hatte einen rotbraunen Nagelrand. »Da: Abgehoben. Abgehoben. Futsch! – Wußtest du das?«

Ich schüttelte den Kopf.

»Pòrca Madonna. Was hat die denn damit *gemacht*? Das kann sie doch nicht alles versoffen haben in der kurzen Zeit. Seit Papas Tod sind sage und schreibe ... Warte mal.«

Er atmete lange zittrig aus, begann zu rechnen, und ich rückte meinen Schlips gerade, zog den Mantel an und sagte: »Tja. Sterben ist teuer.«

Er schmiß das Sparbuch in die Obstschale, in der noch ihr Feuerzeug lag. »Kannst du vergessen. Sie gönnt uns nichts, aber auch gar nichts, oder? Ganze vierundzwanzig Mark sind noch drauf.« Er trat gegen den Tisch, die Querstange aus Eisen. »Nie im Leben hat sie uns was gegönnt, immer alles in die eigene Tasche gekrallt. Immer.«

Er stand auf, öffnete Schranktüren und Schubladen, wühlte darin herum. »Sie kaufte sich teure Kleiderstoffe, und ich mußte mit geflickten Klamotten los. Kannst du dir vorstellen, wie man sich da fühlt: Als einziger in der ganzen Schule mit einem Flicken auf der Hose? Oder dauernd an den Kiosk geschickt zu werden, nach Kaffee und Zigaretten und Ravioli in Dosen, und vor allen Leuten zu sagen: Bitte anschreiben?«

Wieder das Geräusch der Absätze, nun hinter dem Haus, auf dem gepflasterten Wäscheplatz, und Traska betrachtete eine alte, etwas brüchige Fotografie und sagte: »Alle anderen Familien sind doch klargekommen, mit Eigenheim und allem. Warum denn nicht wir? Der Papa hat gearbeitet wie 'n Blöder, und trotzdem … Eine Zeitlang hatte jeder von uns nur ein Paar Schuhe, weißt du noch? Und im Winter fällt mir einer in den Kanal, und ich muß tagelang mit drei Socken am Fuß in den Unterricht, bis sie sich irgendwo Geld gepumpt hat. Humpeln sollte ich, als hätte ich ein Verstauchung und käme nicht in den Schuh!«

Ich trat an das Fenster, schob die Gardine einen Spalt zur Seite. Kaum Wind. Die Sonne schien, auf dem Trokkenplatz war niemand. Doch der baumartige Wäscheständer mit den roten Plastikleinen drehte sich, als hätte sich gerade ein Vogel von ihm abgestoßen.

»Und dann ist sie zu faul, um in die Stadt zu fahren«,

sagte Traska, »und kauft alles bei diesen Halsabschnei-
dern an der Tür. Und die haben natürlich keinen Kom-
munion-Anzug für mich. Was meinst du, was das für
eine Hölle war: In einem viel zu weiten hellbraunen
Jackett und einer grauen Hose zwischen hundert Mäd-
chen in weißen Kleidern und hundert Jungen in blauen
Anzügen zur Erstkommunion zu gehen! Doch ihr war
das egal. Hauptsache Tanz. Hauptsache Itacker ficken.
Und jetzt beleidigt sie uns noch im Tod.«
Es klingelte. Das Taxi war da, und ich nahm meinen
Koffer und sagte: »Na komm, laß genug sein. Wir hat-
ten nicht nur schlechte Jahre. – Ich muß los!«
Wir gaben uns nicht die Hand. Doch er kam mit vor die
Haustür, und ich blieb stehen und zeigte auf seine Beule.
»Wie geht es dir?«
Er winkte ab. »Geht schon, keine Sorge. Ich hab ja
einen Behindertenausweis.«
Ich nickte, zog die kleine Tüte aus der Manteltasche,
hielt sie ihm hin. Er runzelte die Stirn.
»Was ist das? Ein Geschenk?«
»Der Rest«, sagte ich. »Ihr Gebiß.«
»Ach ja? Und was soll ich damit?«
Ich zuckte mit den Schultern. »Keine Ahnung. Was soll
ich damit. Sind Goldzähne eingearbeitet…«
Wir sahen uns an. Einen Moment lang glaubte ich, er
würde zuschlagen. Aber dann schluckte er, streckte den
Arm vor, nahm die Prothese entgegen. Sacht wog er sie
in der Hand und befühlte die Zahnreihen durch die Ver-
packung hindurch mit den Fingerspitzen. Das Kinn
zitterte, Wasser lief in seine Augen, und ich gab ihm

einen Klaps auf die Schulter und stieg ins Taxi, blickte mich noch einmal um.

Doch er winkte nicht. Er öffnete die Mülltonne neben der Tür und warf den Beutel hinein.

»Das Studium der Stille« wurde ins Japanische über-
setzt, ein kleiner Verlag wagte eine winzige Auflage.
Dem Geschäftsführer, einem philologisch gebildeten
Mann, der in Tübingen und Berlin studiert hatte, war
es sogar gelungen, eine Vortragsreise für mich zu or-
ganisieren, es gab drei Veranstaltungen vor Studenten,
die erschreckend aufgeweckt waren, und der brillante
Übersetzer rettete mich gnädig aus manch peinlicher
Bedrängnis. Vor allem die Tatsache, daß ich die buddhi-
stische Lehre vom *Karma* als »Mathematik der Vergel-
tung« bezeichnet hatte, wurde mir als Überheblichkeit
und Geringschätzung angekreidet: Das läse sich, als
würde man den christlichen Begriff *Gnade* mit einem
Mund voller Popcorn aussprechen, so ein Student. Daß
Zen nichts ist, über das sich – und sei es noch so ge-
scheit – reden ließe, schon gar nicht von einem Euro-
päer: Hier wurde die Ahnung Erfahrung, vermutlich
auch für meinen Verleger. Trotzdem fragte er mich nach
der letzten Veranstaltung in Kyoto höflich, ob ich noch
einen Wunsch hätte, und ich sagte, daß ich gern das
berühmte Kloster Soren-Ji, einen der Haupttempel der
Sôtô-Schule, besichtigen würde.
»Nichts leichter«, sagte er und zog sein Telefon aus der
Tasche. »Gehen Sie einfach vorbei. Der Vorsteher ist ein
Freund von mir.«
Ich fuhr in den Bezirk Fukui. Ein alter Mönch, der das

Wort *Willkommen* in zwölf Sprachen konnte, führte mich in das Büro des Abtes. Klein, breitschultrig und mit den scheinbar martialischen Gesichtszügen eines Samurai, war der Mann ganz Güte. Er hatte eine winzige Tätowierung an der rechten Daumenwurzel, ein japanisches Schriftzeichen, trug einen schlichten schwarzen Kimono ohne jedes Rangabzeichen, und seine Kesa, das senffarbene Obergewand, hing an einem Haken neben der Tür. Er stellte einen Aschenbecher und zwei winzige Schalen auf den Tisch, goß mir grünen Tee ein und sagte: »No milk today…« Und dann lachte er, schlug sich auf die Schenkel und wäre vor Lachen fast vom Sitzkissen gefallen.

Er überraschte mich damit, daß er mein Buch kannte, wies mich sogar auf einen Druckfehler hin: Dogen, der Begründer der Sôtô-Schule, sei 1253 gestorben, nicht 1235. Und ich bedankte mich insgeheim dafür, daß er das für einen Druckfehler hielt. Er bot mir eine Zigarette an, wir rauchten, und er sagte grinsend: »It's not allowed.«

Dann zeigte er mir den Gebäudekomplex, die Höfe und Räume, ohne viel zu erklären. Wir gingen einfach umher, und wann immer ein Mönch vor ihm stehenblieb, die Hände zusammenlegte und sich verneigte, erwiderte er diesen Gruß, das sogenannte *Gasshô*, mit vollendeter Konzentration.

In einem Zen-Kloster gibt es bekanntlich nicht viel zu sehen: Reisstrohmatten, Steinlaternen, Klangschalen. Eine Meditationshalle, ein Gemüsegarten, zwei Schlafsäle, zwei Waschräume, eine Küche. Die geschorenen

Mönche und Nonnen, mit allen möglichen Arbeiten befaßt, trugen lange Schürzen über den Kimonos, und selten fiel ein Wort. Auch der Abt und ich gingen schweigend um den Steingarten herum, und dabei beobachtete ich einen alten Mann, der Wasser aus einer Quelle schöpfte. Er ließ zwei Holzeimer randvoll laufen, stellte sie neben sich auf die Betonplatten, faltete die Hände und verneigte sich tief vor dem fließenden Wasser. Dann schüttete er jeweils die Hälfte ins Becken zurück und ging mit den halbvollen Eimern davon.

»So«, sagte der Abt und blickte auf seine Uhr, ein wuchtiges Ding mit Metallarmband. »Jetzt haben wir genug geredet. Es ist Zeit für *Zazen*. Bleiben Sie hier?«

Irgendwo wurde ein Klangbrett geschlagen, ein heller, knochiger Ton, fast schmerzhaft laut, der sich in immer kürzeren Abständen immer leiser wiederholte. Die Mönche legten ihre Schürzen ab, falteten sie zusammen und gingen ins *Dojo*, die Meditationshalle. Ich nickte erfreut, und der Abt winkte einem jungen Mann, einem Novizen wohl, der gut englisch sprach und mich in ein Nebengelaß führte, wo Kimonos hingen und Sitzkissen gestapelt waren. Die ersten drei Gewänder, die ich anprobierte, waren lachhaft kurz und viel zu eng unter den Achseln, und als ich den jungen Mann fragte, warum ich nicht einfach in meiner bequemen Flanellhose und dem weißen Hemd meditieren könne, starrte er mich an, als hätte ich etwas Obszönes geäußert.

»Nein, nein«, sagte er schließlich und suchte weiter auf der langen Garderobenstange. »Im *Dojo* nur schwarz!«

»Warum eigentlich?« fragte ich. Das war mir natürlich egal, doch ich hatte Lust, ihn ein wenig zu provozieren.

Er fand die richtige Größe und murmelte: »Was schwarz ist, ist nicht da.« Ich zog mich um, und er begutachtete meine Beine und gab mir ein *Zafu*, ein rundes Sitzkissen, prall mit Kapok gefüllt. Dann führte er mich in die Halle, wies mir eine der quadratischen Baumwollmatten zu, und wir hockten uns, das Gesicht zur Wand, nebeneinander auf den Boden.

Er hob kurz seinen Kimono und zeigte mir, wie ich zu sitzen hätte: In der vollen Lotushaltung, die Fußrücken auf den jeweils gegenüberliegenden Oberschenkeln. Es sah ganz leicht aus. Aber trotz aller Mühe gelang mir kaum der halbe Lotussitz – oder doch nur nach einem kräftigen Zupacken meines Helfers. Er trat hinter mich und zog meinen linken Fuß zur rechten Leistenfalte hoch. So saß ich zwar einigermaßen gerade, aber schon nach zwei Minuten spürte ich einen ziehenden Schmerz in den Kniegelenken und wollte die Position noch einmal wechseln. Da wurde eine große Glocke geschlagen, und die Mönche links und rechts neben mir pendelten auf ihren Kissen hin und her, bis sie ihre vertikale Achse gefunden hatten. Man verneigte sich, legte die Hände wie Schalen in den Schoß, eine kleine Glocke erklang, ein hauchzarter Silberton, und schließlich war es vollkommen still, niemand in dem großen Saal rührte mehr ein Lid.

»Das Nichtdenken denken«, ist eine der geläufigen Formulierungen, will man *Zazen* erklären, besonders das der Sôtô-Schule. Sich ohne jede intellektuelle Tätigkeit auf Körperhaltung und Atmung konzentrieren, den immer nur dualistischen Verstand überwinden, den »kleinen Geist« auslöschen, um dem »großen Geist« Raum zu schaffen, *Shikântaza*...

Schöne Worte. Doch spätestens nach zehn Minuten war es vorbei mit der inneren Stille, und der Schweiß brach mir aus. Das Ziehen in den Gelenken wurde zum Reißen, nahezu unerträglich, ich war nur noch Schmerz und wagte doch nicht, mich zu bewegen. Oder nur ganz verstohlen, um meine Lage etwas zu erleichtern; doch vermehrte ich damit bloß die Qual. Während die Mönche links und rechts neben mir in vollkommener Gelassenheit gerade saßen, begann ich immer stärker zu zittern, der Puls pochte hart im Kopf, die Därme rumorten peinlich laut, ich atmete schneller und flacher – und sank schließlich schnaufend zusammen, als die Silberglocke erklang.

Eine halbe Stunde hatte die Tortur gedauert, und man bekam die Gelegenheit, die Sitzhaltung zu ändern. Ich wischte mir mit dem Ärmel über die Stirn, zog den rechten Fuß auf den linken Oberschenkel. Dann wieder ein Glockenschlag, und nun wurde es doch etwas erträglicher, jedenfalls in den ersten Minuten. Ich legte die Hände in den Schoß, drückte die Daumenspitzen leicht zusammen und konzentrierte mich auf den Atem.

Doch wurden jetzt Unterweisungen gegeben, das sogenannte *Kusên*, der Abt sprach japanisch in einem bellenden Ton, der mich immer wieder aus der Ruhe riß. Außerdem ging ein Mönch im Raum herum. Dem

Schatten an der Wand zufolge trug er einen langen, am Ende abgeflachten Stock, den *Kyosâku*, und aus den Augenwinkeln konnte ich sehen, wie er einigen Mönchen damit Schläge auf den Rücken gab, auch dem jungen Helfer neben mir. Der hatte die Hände vor der Brust zusammengelegt, neigte den Kopf, und dann sauste die Latte herab, einmal auf die linke, einmal auf die rechte Schulter. Das Klatschen war so martialisch laut, daß ich zusammenzuckte. Doch der Geschlagene atmete tief, es klang erleichtert.

Nun trat der *Kyosâku*-Mönch hinter mich, blieb bewegungslos stehen und wartete wohl auf ein Zeichen. Das ich ihm natürlich nicht gab. Meine Bänder und Sehnen waren völlig überdehnt, und ich wünschte ihn insgeheim zum Teufel. Doch der Mann beugte sich vor und drückte meine Knie fester auf den Boden. Dann hielt er mir einen Finger an die Stirn: Ich hob den Kopf. Schließlich packte er mich bei den Schultern und drehte meinen Oberkörper etwas nach rechts, und nun hatte ich endgültig das Gefühl, völlig schief zu sitzen. Aber wahrscheinlich saß ich vollkommen gerade.

Es waren sehr sachte Berührungen gewesen, doch blieben die Stellen lange warm. Ich konzentrierte mich wieder auf die Haltung, den Atem, und langsam kam das Flackern der Satz- und Bildfetzen im Kopf zur Ruhe, und ich bekam einen Schimmer vom Segen dieser Übung.

Aber dann sprach der Abt englisch, es gab ein paar europäische Mönche im *Dojo,* und mit dem Verstehen, dem Einschätzen und Abwägen der Sätze, die mir so oder ähnlich aus der Literatur bekannt waren, begannen wieder die Qualen. Plötzlich taten die Hüftgelenke weh, dann die Fußknöchel, dann die hart verspannten Schultern, eine Attacke schien die andere hervorzurufen, ein endloses Echo der Schmerzen, und schließlich hatte ich die Vorstellung, auf zertrümmertem Glas zu knien, jede Sekunde eine schärfere Scherbe, und der Abt sagte: »Don't wait for the bell ... It never ends. Never.«

Da schoß mir Wasser in die Augen, ich atmete japsend mit offenem Mund und ruckte herum, wollte die Beine entflechten. Doch schon, ein schwarzes Huschen, war der Mann mit dem Stock wieder hinter mir, legte die Hände auf meine Schultern und drückte mich sanft doch bestimmend auf das Kissen. Dabei ließ er jenes lange leise Zischen hören, mit dem man auch Kinder beruhigt, und drückte noch, als ich mich schon wieder ergeben hatte, drückte mich durch den Schmerz hindurch mit seinem ganzen Gewicht und flüsterte nah an meinem Ohr: »Gerade! Halt dich gerade, Oller!«

Als die Glocke endlich schlug, kam ich nicht mehr vom Kissen. Zwei grinsende Novizen halfen mir hoch, damit ich an der folgenden Zeremonie teilnehmen konnte, dem Beten einiger *Sutras*. Die Hände in Mundhöhe gefaltet, stand man um den Altar mit der kleinen Buddha-Figur herum, annähernd hundert Männer und Frauen in Schwarz, und ich musterte jeden der geschorenen Mönche genau – jedenfalls so lange, bis mich einer mit dem Ellbogen anstieß und mir streng nickend zu verstehen gab, daß man hier zu Boden blickte.

Als ich mich umgezogen hatte und in das Büro des Meisters kam, um mich zu verabschieden, belächelte der meinen immer noch wackeligen Gang und sagte: »Na? Und jetzt wieder Bücher schreiben?«

Ich trank den Rest aus meiner Teetasse und fragte ihn, ob es deutsche Mönche in seinem Kloster gebe. Er trat an den Schreibtisch, überlegte kurz und sagte: »Ich glaube ... Ja.« Als ich ihn um die Namen bat, nannte er mir ein paar japanische, die Mönchsnamen eben. Die anderen kannte er nicht. Dann fragte er mich, warum ich das wissen wolle, und ich erzählte ihm von den letzten Minuten im *Dojo*, von meiner Qual und dem Mann mit dem Stock, seinem Flüstern. Und der Abt lachte und sagte: »Ach ja. Das war nur *Bonnô*.«

»Und wer ist das?«

»Nicht wer. Was! *Bonnô* ist nichts, absolut nichts.« Er öffnete mir die Tür. »Staub, der einen Besuch abstattet.«

Ralf Rothmann
Seine Bücher
im Suhrkamp Verlag

Messers Schneide
Erzählung 1986
suhrkamp taschenbuch 1633

Kratzer und andere Gedichte.
1987
suhrkamp taschenbuch 1824

Der Windfisch.
Erzählung. 1988
suhrkamp taschenbuch 1816

Stier.
Roman. 1991
suhrkamp taschenbuch 2255

Wäldernacht.
Roman. 1994
suhrkamp taschenbuch 2582

Berlin Blues.
Ein Schauspiel. 1997

Flieh, mein Freund!
Roman. 1998